www.editions-micmac.com

LE LIVRE QU'IL NE FAUT
SURTOUT, SURTOUT, SURTOUT
PAS LIRE !

pendant la récré !

Sophie Laroche

Sophie LAROCHE

LE LIVRE QU'IL NE FAUT SURTOUT, SURTOUT, SURTOUT PAS LIRE !

Editions [MiC_MaC]

ISBN : 978-2-917460-02-3

Couverture Clod
http://clodv.free.fr

Prologue :
Quelques présentations, précautions et explications …

Ne dites surtout pas à Max qu'il est le héros de ce livre. Il ne comprendrait pas ce qu'il fait là, il n'aime pas lire. Pire encore, il risquerait de prendre ses jambes à son cou, de sauter du bord de cette première page et de s'enfuir bien loin. Or, c'est justement parce que Max déteste la lecture qu'il est le seul héros possible de cette aventure. Cela peut paraître bizarre, mais toute cette histoire est bizarre. Ecoutez - enfin lisez !- plutôt…

Un instant quand même…Avant d'entrer vraiment dans le récit, tirons les choses au clair. Ne vous imaginez pas que Max n'aime pas lire parce qu'il ne sait pas lire. Lecture comme écriture ne sont pas un problème pour lui. Cela fait bien longtemps qu'il n'a plus besoin de déchiffrer à haute voix ce qu'il lit, ou de s'appliquer pour monter la boucle du L à la bonne hauteur quand il écrit.

Seulement, les lettres ne l'attirent pas. C'est comme ça, c'est en lui.

Dès sa naissance, ses parents se sont doutés de quelque chose. Ils avaient longtemps cherché dans de très gros livres - et c'était peut-être là l'erreur- le plus beau des prénoms pour le plus beau des bébés à venir. Ils avaient choisi « Maximilien ». C'est beau, Maximilien, non ? C'est long, ça se savoure comme un bonbon qui fond doucement. Cela ressemble à une maxime, au maximum. C'est prometteur tout cela…

Eh bien, quand sa maman a enfin tenu dans ses bras ce bébé si mignon, quand elle a plongé ses yeux dans les siens, elle a dit au papa :

- Maximilien, ça ne colle pas. Ça ne lui plaira pas. Il faut l'appeler Max, tout simplement.

Son papa a acquiescé sans un mot. Soit parce qu'il a compris que son épouse avait ressenti quelque chose d'important, soit parce qu'il était encore sous le choc d'avoir un fils. Peu importe. Maximilien est devenu Max et il bénit sa maman chaque fois qu'il doit écrire ce prénom si court. Plus les années passent, plus les contrôles écrits s'accumulent et plus Max remercie sa maman pour cet instant de lucidité.

Pour que l'explication soit complète, il faut préciser que Max partait avec un petit handicap à la découverte de la lecture et de l'écriture. En effet, Max s'appelle en fait Max Couzin. Oui, comme un cousin mais avec un z. Avoir une faute d'orthographe dans son nom de famille, voilà qui n'aide pas à aimer le français, vous en conviendrez.

Max n'est pas le seul dans ce cas. Il y a dans sa classe un garçon dont le nom de famille entier est une faute d'orthographe : Augustin Kacerol. Ce point commun n'a pas rapproché les deux écoliers, bien au contraire. Augustin est l'ennemi juré de Max. C'est un grand maigrichon, qui repousse constamment la longue mèche de cheveux noirs qui tombe sur ses yeux bleus. Augustin sait bien profiter de ce regard azur. Quand il fait une bêtise, il affiche un sourire innocent, vous regarde bien dans les yeux et dit toujours d'une voix angélique : « C'est pas moi », ou « je l'ai pas fait exprès » ou, vraiment en dernier recours, « plus jamais je ne recommencerai ». Le pire, c'est que les adultes succombent à son charme et qu'Augustin s'en sort toujours bien. Écoeurant...

Heureusement, Max a aussi un meilleur copain : Alexandre. Alexandre est arrivé à l'école des Bleuets en classe de CE1. Il était perdu au milieu de tous ces enfants qui se connaissaient déjà et c'est un peu par pitié que Max lui a adressé la parole à la première récréation. Il n'a jamais regretté cette bonne action. Tout de suite, les deux enfants se sont découvert plein de centres d'intérêt communs. Ils aiment les mêmes jeux, regardent les mêmes dessins animés, rient des mêmes blagues. Il n'y a que sur la lecture qu'ils ne sont pas du même avis. Mais franchement, en cour de récréation, ce n'est pas un souci.

Max et Alexandre appartiennent à la bande de copains la plus sympa de l'école. En plus, on y trouve les vrais champions de la cour : Zizou et La Flèche.

Zizou s'appelle en fait Hugo. Mais comme c'est un fou de Zinedine Zidane, et qu'en plus il joue très bien au foot, tous les copains sont d'accord pour l'appeler Zizou. Si un jour il devient célèbre, il reverra la question a-t-il promis. Deux Zizou, ça ne ferait pas sérieux.

La Flèche, lui, est ainsi surnommé car il court plus vite que les autres, mais aussi patine plus vite, nage plus vite… Ses records sont tellement connus dans l'école que même ceux qui le connaissent à peine ne l'appellent pas par son vrai prénom, Boris, mais par son surnom.

N'allez pas vous imaginez pour autant que Max ne choisit ses copains que sur leur force. Benjamin, par exemple, est petit en âge et en taille. Cela explique peut-être son manque de confiance en lui. Il faut toujours qu'il questionne les autres avant de prendre une décision. On peut lui demander s'il a envie de jouer au foot ou s'il a réussi son contrôle de maths, il répondra systématiquement par une autre question : « Et toi, t'as envie … Toi, t'as réussi ? ». C'en est même fatigant à la longue. Mais c'est quand même un super copain. Eh, c'est pour cela qu'il est dans la bande !

Bon, les présentations sont faites, on y va ?

Parce qu'on a vraiment besoin de Max dans les chapitres qui suivent…

Chapitre 1 :
L'espèce rare et méconnue
de ceux qui lisent avec les oreilles

Aujourd'hui, c'est le dernier jour d'école avant les vacances de Noël. Les discussions vont bon train, Max et ses copains spéculent sur les cadeaux au pied du sapin. Ils font quand même attention à ne pas parler trop près des élèves de CP. Ce sont des petits qui croient encore au Père Noël. Et parmi ces petits se trouve Mathilde, la sœur de Max. Elle a de longs cheveux roux qu'elle porte toujours en nattes. Cela permet de la reconnaître de loin, et c'est très pratique. En effet, Mathilde se mêle souvent des affaires de son frère, ce qui est déjà une mauvaise habitude. Mais ce qui est pire encore, c'est qu'elle y mêle aussi ses parents en leur racontant les moindres faits et gestes de Max. Surtout si ce sont des bêtises. Là, Max et ses copains ne font rien de mal, mais ses parents lui ont bien dit qu'il ne devait pas dire à Mathilde la vérité sur le Père Noël. Pfff, si ça lui plaît de croire qu'à l'heure d'Internet un vieux bonhomme assure encore des livraisons en traîneau, c'est son affaire. Max s'en fiche.

Ce qui l'ennuie plus, c'est l'engouement de tous ses copains pour un livre qui vient de sortir. Ils l'ont tous commandé !

- Un livre pour Noël, c'est idiot, essaie de les convaincre Max. C'est le seul moment de l'année où les parents nous offrent ce qu'on veut vraiment, même si c'est pas un «jeu éducatif» comme ils disent. Franchement les gars, gardez le bouquin pour le jour où vous n'aurez pas pleuré chez le dentiste !

- Si tu crois que je vais attendre ma prochaine carie ! rétorque Alexandre. T'as entendu la pub à la radio toi aussi, Max. Ce livre a l'air tout simplement génial. «L'Aventure de tes rêves». Reconnais que c'est un titre qui assure.

Alexandre pousse un soupir rêveur, regarde un à un ses amis et poursuit :

- Je ne sais pas pour vous les copains, mais moi, quand ce type parle, j'ai vraiment l'impression que c'est à moi qu'il s'adresse. A moi tout seul.

- Pareil pour moi ! s'exclame Zizou. Je sais bien que ce n'est qu'une pub à la radio, mais quand l'auteur - comment s'appelle-t-il déjà ? Ah ouais, Marc Norenêt !- explique que c'est l'histoire…

- «… que tu attends depuis longtemps», reprend en chœur toute la bande,

- Eh bien, il me donne l'impression de savoir exactement ce que je pense, et ce dont j'ai envie.

Un silence inhabituel suit le commentaire de Zizou.

La sonnerie interrompt ce calme et pour une fois, Max se réjouit que la récré s'achève.

En moins d'une minute, tous les enfants de la cour ont rejoint leur maîtresse et se sont mis en rang. Si si ! Il faut préciser que le directeur guette les retardataires et leur fait ramasser tous les papiers des goûters abandonnés un peu trop loin des poubelles. Beurk ! Aujourd'hui, aucun des élèves de la classe de Max ne se retrouve de corvée. Normal : après la récréation du vendredi matin, c'est la bibliothèque, et ils aiment tous la bibliothèque. Oui TOUS, Max y compris. C'est étonnant, non ? Bien sûr, il a horreur de choisir un livre. Au début de l'année, il cherchait ceux qui avaient peu de textes et beaucoup d'images, mais Madame Bouchard, sa maîtresse, a vite remarqué sa stratégie. Alors maintenant, il fait semblant de lire le dos de la couverture de deux ou trois bouquins, choisit celui qui a le texte le plus court et l'amène à Madame Coquelicot pour qu'elle enregistre le numéro sur son fichier.

C'est elle, en fait, le secret de la bibliothèque. Elle qui rend ce moment magique, même pour Max. Quand tous les enfants ont choisi un livre - et je vous assure qu'ils se dépêchent - Madame Coquelicot leur lit à voix haute un ou deux chapitres d'un roman. Ce n'est pas le métier de cette petite et rondelette dame âgée de s'occuper de la bibliothèque. Officiellement, Madame Coquelicot est retraitée. Ça veut dire qu'elle fait enfin ce qu'elle veut quand elle veut. Comme elle aime beaucoup lire, et surtout pour les autres, elle vient pour toutes les classes de l'école. Sans exception. Cela en fait du monde et du temps ! Mais elle n'a jamais compté. Les chiffres ne l'intéressent pas, seules les lettres l'attirent. Quand elle ouvre le livre, caresse la page pour la lisser, range le marque-page à la fin, Max se sent déjà bien. Dans la bouche de Madame Coquelicot, les mots volent, les verbes chantent, les phrases vivent. Max les entend presque respirer, haleter quand le suspense monte, puis reprendre leur souffle.

Le garçon est tellement pris par le récit qu'il lui est déjà arrivé d'emprunter à la bibliothèque le livre que Madame Coquelicot était en train de leur lire. Une fois à la maison, Max s'est confortablement installé sur son lit et a ouvert lentement l'ouvrage. Il a lu. Rien, aucun effet. Alors il a essayé à voix haute. Fiasco. Les mots se dégonflaient sur le bord de ses lèvres comme des ballons de baudruche. De rage, Max a balancé le bouquin à l'autre bout de sa chambre. Et tant pis si ce n'était pas le sien ! Le vendredi suivant pourtant, il a retrouvé toute la magie de l'histoire dans la voix de Madame Coquelicot. Il s'est dit ce jour-là qu'il appartenait à l'espèce rare et méconnue de ceux qui lisent avec leurs oreilles. Cette explication le satisfait pleinement et depuis Max lit chaque vendredi avec Madame Coquelicot. C'est peu, mais c'est un véritable plaisir.

Comme cette mamie est une vraie championne, elle arrive juste à la fin de ce livre de pirates avant les vacances de Noël.

- Est-ce que vous pourrez nous lire à la rentrée « L'aventure de tes rêves » ? demande Alexandre.

- Je ne connais pas ce livre, s'exclame Madame Coquelicot. Jamais entendu parler.

Alexandre récite alors cette fameuse pub radio qu'il connaît par cœur. Les autres se mettent aussi à la réciter. C'est à celui qui chantera la pub le plus fort ! Comme ils n'ont pas démarré ensemble, on se croirait à la chorale, quand on rate les couplets en canon. Seul Max se tait. Il est perdu dans ses pensées. Malgré les affiches, les pubs dans les magazines et les messages à la radio, Madame Coquelicot, la reine des livres, n'a pas entendu parler de « L'aventure de tes rêves » ? Incroyable…

Chapitre 2 :
Le livre le plus lu au monde

Les dents blanches qui alignent un sourire éclatant, les cheveux impeccablement lissés, le regard vert émeraude qui vous transperce : tout est parfait. Comme chaque fois que Marc Norenêt aperçoit par la fenêtre de son nouvel appartement le grand panneau publicitaire qui vante son bouquin, il ressent le même délicieux frisson. Installé dans la grande cuisine, il savoure un grand bol de café, tout en se regardant. « Vraiment, j'ai bien choisi cet appartement, se félicite-t-il. On ne pouvait pas rêver plus belle vue ! »

Son livre est en vente depuis deux jours seulement et c'est déjà un immense succès. Cette gloire dès le premier roman étonnerait sans doute plus d'un écrivain, mais Marc Norenêt n'est pas du tout surpris. Dès que « L'aventure de tes rêves » a été finie, il a su qu'il tenait là le livre qui serait le plus lu et le plus vendu au monde. Oui, au monde ! En France, bien sûr, pour commencer. Mais son ouvrage allait conquérir toute la planète, c'était certain. C'était inévitable.

C'est pour cela d'ailleurs que la maison d'édition qui distribuait son livre avait accepté toutes les conditions très particulières qu'il lui avait imposées.

Pour cela aussi qu'ils lui avaient signé ce très gros chèque d'acompte qui lui avait permis d'acheter cet appartement de luxe, et tout le matériel - grosse baignoire à remous, grosse télévision, gros réfrigérateur, etc. - qui allait avec.

Il avait suffi pour les convaincre de leur mettre le livre entre les mains.

Chapitre 3 :
Un drôle de Noël

Alexandre a un petit frère de quatre ans et demi, Victor, qui croit encore au Père Noël. Alors, ce 25 décembre au matin, le meilleur ami de Max accepte lui aussi de jouer la comédie, et pousse de grands « ah, oh, ça alors ! » assis devant le sapin. Il déballe un jeu vidéo, un robot, et enfin, le meilleur qu'il a gardé pour la fin : un paquet de la librairie. Doucement, il décolle le scotch du paquet rectangulaire en essayant de ne pas déchirer le papier, puis l'écarte lentement. Apparaît le sourire éclatant de Marc Norenêt, en dessous du titre argenté : « L'aventure de tes rêves ». Alexandre fait défiler les pages entre ses doigts comme un jeu de cartes. Il se lève, va s'installer dans le canapé du salon, et ouvre le livre. Comme il a si souvent vu Madame Coquelicot le faire, il lisse la première page, caresse presque le papier. Vite, le premier chapitre.

Quand il lève les yeux, Alexandre remarque que sa maman a déjà dressé la table pour le déjeuner.

- Dépêche-toi de monter t'habiller, lui dit-elle excédée, Papy et Mamie vont bientôt arriver.

- Mais ils ne viennent que pour midi, lui répond avec nonchalance Alexandre.

- Et quelle heure crois-tu qu'il est ? soupire sa maman. Cela fait au moins trois quarts d'heure que j'essaie de te faire bouger.

Alexandre jette un œil sur la pendule du salon. Midi moins le quart ! Au moment de placer son marque-page dans le livre, il s'attarde sur le numéro en bas de page : 123... Il a lu 123 pages, comme cela, d'un coup, alors que l'attendaient un nouveau robot et un jeu vidéo !

A quelques rues de là, Zizou passe à table en baillant aux corneilles. Dans sa famille, personne n'attend plus le Père Noël et on échange les cadeaux le soir du 24 décembre. Lui a commencé « L'aventure de tes Rêves » à dix heures trente, en allant se coucher. Il était presque trois heures du matin quand le sommeil a finalement vaincu son envie d'en savoir plus !

A travers le rétroviseur passager de la grosse voiture familiale, la maman d'Augustin Kacerol regarde son fils plongé dans son livre. « On dirait un ange », pense-t-elle.

Un ange, tu parles... La maman d'Augustin est juste plus sensible que les autres à son regard bleu. Si son fils chéri est si calme, c'est tout simplement parce que lui aussi a eu un nouveau livre pour Noël. Il était moins convaincu que les autres par la publicité de Marc Norenêt, mais pas question de passer pour un ringard. De toute façon, ses parents lui offrent toujours ce qu'il veut, il n'a même pas eu à renoncer à un seul des neuf jeux vidéo qu'il avait commandés. La curiosité l'a quand même poussé à ouvrir le livre ce matin avant d'allumer sa console de jeux. Et là, quelle surprise…

Max a les joues en feu. Il vient de finir son troisième tour du parc sans s'arrêter. Ces nouveaux patins en ligne sont tout simplement formidables. Ils glissent sur le macadam de l'allée comme un savon entre des mains humides. Il faudra que Max demande à son père de le chronométrer, il est certain d'avoir pulvérisé le record du tour de son copain La Flèche (ainsi surnommé, souvenez-vous, car il court plus vite que les autres, mais aussi patine plus vite, nage plus vite…) Pour l'instant, Max se contente d'écouter le frottement des roues sur le sol à chacune de ses enjambées, de sentir l'air frais dans ses cheveux et de s'étourdir de la vitesse. Non, ce matin de Noël, contrairement à la plupart des enfants de l'école des Bleuets, Max ne lit pas. Et franchement, il est heureux.

Chapitre 4 :
Qui a dit que les enfants n'aimaient pas lire ?

On a beau avoir changé d'année, tout semble pareil ce matin de rentrée à l'école. C'est en tout cas ce que pense tristement Max en regardant les gouttes de pluie couler le long de la fenêtre. Heureusement, l'heure de la récréation approche. Comme il pleut, les enfants pourront regarder la télévision dans le gymnase. Max se réjouit surtout à l'idée de raconter à Alexandre ses exploits en rollers. Il est aussi pressé de lui demander ce qu'il a eu comme cadeaux.

Au bruit de la sonnerie se mêlent celui des chaises qui raclent le sol et les cris des enfants qui s'interpellent. Etrangement silencieux au milieu de ce brouhaha, Augustin Kacerol lève la main. Que mijote-t-il encore, celui-là ? Max voit bien qu'Alexandre, à l'autre bout de la rangée, se pose la même question. Ces deux-là sont meilleurs copains, c'est normal qu'ils aient le même meilleur ennemi, non ?

- Oui, Augustin ? lui demande Madame Bouchard.

Un oui qui est une question, c'est aussi une des spécialités de la maîtresse. Les copains ont bien essayé pendant toute une récré de l'imiter, mais ils n'ont réussi qu'à bien rigoler. Ce qui est très bien aussi.

- Est-ce que je peux rester en classe pendant la récréation, M'dame ? Je préfère lire qu'aller regarder la télé.

Tout en posant sa question, Augustin sourit, repousse sa mèche brune et plonge son regard azur dans celui de la maîtresse. Franchement, ce n'est pas la peine de faire autant de manières pour poser une question aussi fayote. Madame Bouchard ne cache pas sa surprise, mais elle a l'air très contente. Normal !

- Eh bien Augustin, je ne sais pas si la lecture fait partie de tes bonnes résolutions de cette année, mais bien sûr, tu peux rester ici.

Ce qui est beaucoup moins normal, ce sont les cris qui suivent :
- Moi aussi !
- Moi aussi !
- Moi aussi !

Au moins la moitié de la classe veut lire pendant la récréation. Le pire, c'est qu'Alexandre a hésité un instant. La question s'est arrêtée net au milieu de sa gorge quand il a croisé le regard étonné et déçu de Max. De plus en plus surprise, la maîtresse regarde ses élèves sortir des livres de leurs cartables. Max comprend rapidement ce qui se cache derrière cette apparente folie de ses copains : c'est le fameux livre de Marc Norenêt qu'ils ont tous amené à l'école.

Alexandre le retrouve à la porte et ils partent ensemble vers la salle de sport.

- Franchement, qu'est-ce qui leur prend tous ? s'exclame Max. C'est qu'un livre.

Alexandre, l'air soucieux, semble chercher ses mots :

- Je peux pas te raconter, Max. C'est bien recommandé dès les premières pages. Il faut à aucun prix répéter l'histoire. Mais ce bouquin, il est...

Alexandre semble chercher le mot précis, le bon « ad-jec-tif-qua-li-fi-ca-tif » comme articule lentement Madame Bouchard en cours de grammaire.

- Il est époustouflant. Il faut vraiment que tu le lises. Cette histoire, c'est vraiment celle... dont j'ai toujours rêvée. Le héros est super, il vit des trucs sensationnels. Il y a de l'aventure, du suspense, c'est drôle aussi.

- Ouais, ça reste un livre quand même, rétorque Max.

Alexandre ne répond même pas, perdu dans ses pensées. Pour le ramener à lui, Max lui ment :

- OK, OK. Quand tu l'as fini, tu me le prêtes, je te promets que j'essaierai de le lire. Si tu le trouves si cool, il doit me plaire, non ?

- C'est certain, répond Alexandre, et les deux garçons se sourient. Et toi, qu'est-ce que t'as eu pour Noël ?

Ouf ! Max a bien eu peur que ce maudit livre lui vole la vedette. Mais il peut enfin raconter à Alexandre ses exploits en rollers. Son copain est impatient de le voir en piste. Tant pis si les autres sont restés dans la classe. Avec un peu de chance - et un gros effort de Madame Météo !- il ne pleuvra plus cet après-midi et ils se retrouveront tous dans la cour pour la récréation. Livre ou pas livre !

Les deux garçons arrivent dans la salle de sport. Là les attend une nouvelle surprise. Le gymnase toujours bondé par temps de pluie est à moitié vide. Aux bribes de conversations qu'ils attrapent, les deux copains comprennent que dans toutes les classes, de nombreux élèves ont voulu passer leur récréation à lire…

Chapitre 5 :
Comment on roule les journalistes dans la farine

- Marc Norenêt, comment expliquez vous le succès de votre livre ?

« Ça, mon gars, ne compte pas sur moi pour te répondre ! se dit Marc Norenêt en entendant la question. Si je t'expliquais la raison du succès de mon livre, comme tu le dis, tu serais complètement abasourdi. Qui sait, tu lâcherais peut-être ton petit micro pour déguerpir en courant. Tu pourrais renverser au passage la caméra qui filme mon si beau profil. Et moi, je n'ai pas envie qu'on filme mon profil de travers ! »

L'écrivain ne laisse rien percer de ses pensées et, au contraire, adresse au journaliste son sourire parfaitement rodé, celui qui laisse découvrir ses grandes dents parfaitement blanches :

Pourquoi un livre est-il plus apprécié qu'un autre ? lui répond-il enfin. Pourquoi un auteur est-il plus lu qu'un autre ? La question est délicate. Je ne voudrais pas me montrer prétentieux en expliquant le succès de mon livre. Ma démarche était au contraire très... humble. Marc Norenêt appuie particulièrement sur ce dernier adjectif, fronçant les sourcils pour renforcer son message. En toute simplicité, je crois que mon livre fonctionne parce qu'avant de me lancer dans ce titanesque (là encore, il accentue le mot) travail, j'ai pris le temps de me mettre à la place du jeune lecteur. Je me suis posé cette question évidente : « Qu'a envie de lire le lecteur ? »

- Certes, cette démarche est toute à votre honneur, l'interrompt le journaliste. Mais comment expliquez-vous malgré tout l'unanimité que remporte votre livre ? Les enfants n'aiment pas tous les mêmes histoires. Les garçons ne lisent pas les livres de princesses, les filles ceux de pirates. Et encore, ce n'est qu'une différence parmi d'autres. En plus, il plaît quelque soit l'âge. Il paraît que les enfants de 12 ans s'en régalent autant que ceux de 7 ans. Expliquez-nous ce miracle !

« *Miracle, tu ne crois pas si bien dire...* » Une fois de plus, l'écrivain garde pour lui ses remarques. Ce petit journaliste vantard peut toujours essayer de lui arracher son secret, il n'y arrivera pas. D'ailleurs, ce type est beaucoup moins impressionnant en vrai qu'à l'écran, quand il présente son journal télévisé. Lui qui annonce les guerres et les catastrophes sans frémir semble tout impressionné d'être assis en face de Marc Norenêt. Il faut dire que c'est la première fois que l'écrivain accepte de passer à la télévision, et en direct en plus. Il y a un mois seulement, personne ne le connaissait et maintenant toutes les chaînes de télévision se battent pour le recevoir.

- Une fois encore, insiste avec un gentil sourire Marc Norenêt, je crois que ce succès s'explique par le respect du lecteur. Peut-être ai-je particulièrement pensé à lui avant de me lancer.

- Peut-être en effet, concède le journaliste. Pouvez-vous alors nous expliquer pourquoi vous recommandez formellement au lecteur de ne pas parler de l'histoire ? C'est presque un ordre !

Le journaliste est surpris lui-même par son audace. Un instant, il reste suspendu à l'expression de l'écrivain. Pourvu que celui-ci ne se vexe pas et ne quitte pas le plateau ! Quelle honte pour lui dans ce cas ! Mais non, les traits de Marc Norenêt, une seconde crispés, se détendent :

- Je me demandais quand vous alliez vous décider à me poser la question, rétorque-t-il dans un grand éclat de rire. Les journaux ne parlent que de cela, les radios ne parlent que de cela. Il était temps d'interroger la personne concernée, non ?

- Oui, bredouille le journaliste.

- « L'aventure de tes rêves » est un livre, un vrai. Une histoire entre un écrivain et son lecteur. Des personnes liées par des mots écrits. « Ecrits », elle est là, la réponse. Mon roman est une sorte d'hommage à la littérature. Pour cela, il ne doit pas être « pollué » (Une fois encore, Marc Norenêt insiste sur l'adjectif) par des commentaires et des appréciations. Il ne doit pas être déformé par des résumés incomplets. Cela fait partie de sa... magie !

- Oui, mais s'il se vend si bien, c'est parce que les enfants en parlent, répond avec aplomb cette fois le présentateur.

- Les enfants disent simplement qu'ils ont aimé le livre. Ils n'ont pas besoin d'en expliquer les raisons, ils se montrent convaincants sans raconter l'histoire.

Marc Norenêt prend une pose théâtrale pour conclure :

- Toute la force de notre jeunesse est là.

Chapitre 6 :
Une véritable épidémie !

Les premiers temps, cette folie pour le livre de Marc Norenêt arrange bien Max. Plus besoin de bondir de sa chaise dès que retentit la sonnerie de la récréation, le terrain de foot est toujours disponible. La butte aux billes aussi. Même les grandes flaques d'eau les lendemains de pluie ne sont plus prises d'assaut. La plupart des enfants lisent. Ils ne se parlent même pas, alors qu'ils lisent tous le même bouquin ! Seuls leurs doigts bougent pour tourner les pages. Parfois, ils semblent même ne pas entendre la sonnerie de fin de récré. Ça doit arranger le directeur, pensez-vous. Ça lui fait plus de retardataires pour ramasser les papiers de goûter. Eh bien même pas : les enfants, la plupart du temps, ne prennent même plus le temps d'avaler leurs biscuits.

Au fil des jours, Max et ses copains ont de plus en plus de place pour jouer. Seulement, Max a de moins en moins de copains pour taper le ballon avec lui ou taquiner la bille : peu à peu, Zizou, Benjamin, La Flèche et les autres se mettent à lire. Benjamin a même amené le sien sans demander aux autres s'ils allaient rapporter aussi leurs livres : c'est pour dire comme tout va de travers dans cette école !

Enfin, un triste jour, le plus triste de cette triste période, Alexandre sort « L'aventure de tes rêves » de son cartable avant la récréation.

Le meilleur copain de Max n'a jamais tenu sa promesse, il ne lui a pas prêté son livre.

- Je voulais te l'amener, lui a-t-il assuré. J'allais le mettre dans mon cartable et j'ai jeté un œil sur la première page. Je sais pas comment t'expliquer cela, mais j'ai vraiment eu envie à cet instant-là de le relire. Dès que je l'ai fini, je te le passe, c'est promis.

Tu parles ! Alexandre en est à sa quatrième lecture. Oui, quatre fois le même livre ! Inutile de préciser que cela semble complètement fou à Max…

Et en plus maintenant, il ne veut plus jouer dans la cour. Max est d'abord très surpris et très déçu. Puis très triste et très abattu. Finalement, seul au milieu de la cour avec son ballon, il sent la tristesse balayée par un autre sentiment bien plus fort : la colère !

Bon, ça suffit maintenant ! Les vacances de Noël sont bien loin, celles de février sont aussi passées, et non seulement les copains sont toujours plongés dans ce maudit bouquin, mais ils sont de plus en plus nombreux à lire : c'est une véritable épidémie !

La patience de Max fond comme neige au soleil. Ça tombe bien, c'est le printemps ! C'est terminé, il ne va plus laisser ses copains, son meilleur ami, perdre toute leur envie de bouger pour un livre.

Vous commencez à comprendre pourquoi Max est le seul héros possible de cette aventure ?

Chapitre 7 :
Où il ne reste que les maîtresses...

Avant de partir en guerre, il faut élaborer un plan. Max a suffisamment organisé de batailles de Playmobils contre ses figurines de chevaliers pour le savoir. D'ailleurs, à propos de soldat, il faudrait qu'il se trouve un ou deux nouveaux alliés, puisque tous ses copains sont « pris » par leur lecture. Max fait le tour de la cour. Le terrain de foot, la butte des billes, même l'arbre à secrets des filles : plus un enfant ne joue, tous lisent. En fait, réalise Max, ce sont les maîtresses qui font le plus de bruit. C'est incroyable ! Elles sont regroupées près de la cage de but abandonnée et papotent tranquillement. Il faut dire qu'elles n'ont plus rien à surveiller : plus de bobos, plus de bagarres, plus de terrain à partager. Chacun bouquine. Même les CP essayent de lire ce satané livre !

Là, Max comprend qu'il est face à un choix difficile. Soit il se débrouille seul, soit il demande de l'aide...à sa maîtresse. Lui, un fayot ? Beurk et re-beurk. Mais son regard se pose sur Alexandre, plongé dans ce maudit bouquin. Il doit le connaître par cœur maintenant et il a l'air pourtant si impatient de tourner les pages.

- M'dame Bouchard ?

La maîtresse est tout étonnée d'être dérangée en pleine conversation. Elle se retourne vers Max :

- Que se passe-t-il ?

- Heu… j'ai un truc à vous dire, bredouille Max intimidé par les regards de toutes les maîtresses fixés sur lui.

Une toute petite seconde, Madame Bouchard semble hésiter. Peut-être se racontaient-elles des trucs super intéressants… ou des blagues sur les élèves comme Max en racontait sur les maîtresses avec les copains avant, quand tout était normal ici ? Puis Madame Bouchard lui adresse un gentil sourire et lui demande :

- Que se passe-t-il mon petit ?

Elle a posé sa main sur l'épaule du garçon, et son geste libère toute l'émotion qu'il retient depuis longtemps. D'un grand geste, il montre la cour :

- Regardez Madame, hurle-t-il presque. C'est pas normal ! On n'a jamais vu une cour de récréation où personne n'a envie de jouer, où tout le monde préfère lire. Je suis sûr que même s'il existait une école de premiers de la classe, la cour ne ressemblerait pas à cela.

Madame Bouchard, d'abord étonnée par l'emportement de Max, prend le temps maintenant d'observer la cour. Elle semble peu à peu remarquer ce silence pesant, cette immobilité étrange.

- Tu as raison, Max. Tu as raison.

C'est un de ses trucs aussi, à Madame Bouchard :
elle répète toujours les phrases qu'elle juge
importantes. Cette fois, ce tic n'amuse pas Max, mais
le réconforte.

- A ton avis, pourquoi sont-ils tous plongés dans
leur livre ?

- Je sais pas. Vous savez bien que je ne comprends
pas grand'chose aux livres…

Oui, elle le sait, Madame Bouchard. Elle ne fait
aucun commentaire, mais son sourire parle pour elle.

- Mais je sais en tout cas qu'ils lisent tous le même
livre, « L'aventure de tes rêves ». Ils le relisent
même ! Alexandre en est à sa quatrième fois.

Là, Max sent bien qu'il a convaincu Madame
Bouchard de la gravité de la situation. Elle connaît
bien Alexandre, la maîtresse. Il n'est pas allergique à
la lecture comme Max, mais certainement pas du
genre à lire quatre fois le même truc !

- Je vais en parler avec le directeur, promet-elle.
La cloche sonne et Max retourne en classe le cœur un
peu moins lourd. Il n'est pas très heureux d'avoir dû
appeler au secours la maîtresse et même le directeur.
Mais s'il peut reprendre les parties de foot avec les
copains dès demain, ça valait le coup.

Chapitre 8 :
Quand l'écrivain fait la loi...

Cela fait vingt-cinq ans que Madame Satin travaille pour les éditions Bellettres. Vingt ans qu'elle assiste le patron, Monsieur Blondel. Inutile de dire qu'elle en a essuyé des tempêtes ! Mais franchement, ce matin, même cette grande dame massive frémit en entendant son patron s'énerver de nouveau. Pas de doute : il pousse la colère de sa carrière !

Madame Satin est une femme très discrète : jamais elle ne se mêle des affaires des autres, surtout pas de celles de son patron s'il ne lui demande pas de le faire. Mais là, difficile de ne pas entendre ce qui met Monsieur Blondel dans une telle furie : ses éclats de voix résonnent jusqu'aux ascenseurs !

- C'est incroyable, c'est insensé ! Me faire un tel affront à moi, le plus grand éditeur de Paris ! Que dis-je de Paris, de France, même ! C'est moi qui publie les meilleurs auteurs, c'est moi qui ai découvert les plus grands talents ! Et ce Monsieur Marc Norenêt refuse que je fabrique son livre. C'est quoi cette histoire ?

Monsieur Blondel est au téléphone, Madame Satin le comprend aux blancs qui entrecoupent les récriminations de son patron. Franchement, elle plaint la personne qui lui téléphone : elle doit en prendre plein les oreilles ! Enfin, l'homme semble reprendre son calme :

- Bien sûr que vous allez accepter ses conditions. Il continue de faire fabriquer son livre où il veut, à Pétaouchnoc si ça le chante. Et nous en assurons la publicité et la vente. C'est le plus gros marché de l'année, voire de ces dix dernières années. On ne peut pas le laisser filer. Mais vraiment, ce Marc Norenêt est l'écrivain le plus bizarre que je n'ai jamais rencontré.

Suit de nouveau un silence, puis Madame Satin entend la dernière réponse de son patron :

- Non, je n'ai pas lu son livre, pas encore. Je n'en ai pas eu besoin, tout le monde me disait que ça allait marcher très fort. Mais il faudra sans doute que je me décide à le faire. Je dois comprendre pourquoi il emballe à ce point son lectorat.

Chapitre 9 :
Le « direlo-crado »

Pour la première fois depuis très longtemps, Max est heureux d'aller à l'école ce matin. Hier, à l'heure de la sortie, Madame Bouchard l'a pris à part :
- J'ai réfléchi à notre petite conversation, et je vais parler au directeur, lui a-t-elle raconté. Nous aurons à prendre une drôle de décision, mais c'est la seule possible. Je vais lui demander qu'à partir de demain, les livres soient interdits dans la cour de récréation.

Les livres interdits en cour de récréation ! C'est le monde à l'envers... Si un jour, dans une centaine d'années, Max raconte ça à ses arrières petits-enfants, ils ne voudront jamais le croire ! Peu importe. Dans l'immédiat, il a au moins une quarantaine de buts en retard à rattraper. Vivement la pause !

Une fois dans la cour, Max se précipite devant le panneau d'affichage. C'est là que le directeur annonce en général ses « bonnes » nouvelles, comme « Pas de piscine pendant deux semaines », ou « La sortie en forêt des CE2 aura lieu ultérieurement ». (Ultérieurement, tu parles ! En langage de directeur, ça veut dire jamais.) Max cherche désespérément l'affiche qui interdit la lecture. Rien. Il aperçoit alors sa maîtresse de dos.

- Madame Bouchard, Madame Bouchard, crie Max en courant vers elle. Pourquoi y a pas d'affiche pour interdire les livres ? Qu'est-ce que vous atten...

La fin de la question reste en suspens sur les lèvres du garçon. Madame Bouchard vient de se retourner. Elle tient dans les mains le livre de Marc Norenêt. Son doigt garde la page à laquelle elle est arrivée :

- Ah, bonjour Max. Les livres ? Ah oui. Oublie cette histoire d'interdiction, c'est ridicule. On ne peut pas empêcher de lire, quand même. Va donc jouer un peu avant la classe. J'aimerais finir mon chapitre, moi.

Sans attendre la moindre réponse, la maîtresse se replonge avidement dans son bouquin. Max est abasourdi. Il se ressaisit vite. Non, il ne laissera pas tomber, et tant pis si pour cela il faut faire appel directement à...

- Monsieur le directeur, excusez-moi ...

Ah, si on avait raconté à Max qu'un jour, il irait de son plein gré rendre visite au directeur dans son bureau, jamais il ne l'aurait cru ! Ce Marc Norenêt a semé une sacrée pagaille dans sa vie. A propos de pagaille... Max n'en revient pas quand il pousse timidement la porte du bureau du directeur. Le sol est jonché de papiers de bonbons ! Sur le rebord de l'étagère, trône une pile de gobelets de café vides artistiquement empilés. Sur le bureau, près du téléphone, traînent les restes d'un sandwich rabougri qui a dû être au jambon dans une autre vie. Au milieu de ce bazar, le directeur est confortablement installé dans son fauteuil et... il bouquine.

- Ah, entre Max. Madame Bouchard est venue me voir hier. Elle m'a fait part de tes inquiétudes. Mon garçon, tout cela est ridicule. La lecture, c'est une des activités les plus saines qui soit !

Ce n'est pas ce que semble prouver l'état du bureau, mais Max se garde bien de partager son avis avec le directeur. De toute façon, celui-ci ne l'écouterait pas. Il s'est replongé dans son livre. Le livre de Marc Norenêt, bien sûr. Il relève enfin les yeux sur le garçon qui n'a pas bougé.

- Je vais te dire la même chose qu'à ta maîtresse, Max. Lis donc ce roman. Je crois que même à toi, il donnera le goût de la lecture. Il est tout simplement passionnant.

Voilà donc le fin mot de l'histoire. Le directeur est lui aussi envoûté par ce maudit bouquin et il a contaminé la maîtresse.

Envoûté... C'est cela ! Il faut que Max perce le mystère qui entoure ce Marc Norenêt. Et pour cela, pas question de plonger à son tour dans le livre. On ne sait jamais, si cela le passionnait aussi... C'est peut-être très puissant ! Non, il est grand temps d'avoir une véritable explication avec Alexandre. Son meilleur copain va lui dire ce qu'il y a derrière tout cela, que ça lui plaise ou non.

Chapitre 10 :
C'est une autre histoire !

Ça ne lui plaît pas, Max le comprend très vite à l'air embêté de son ami.

- Ecoute Max, je sais pas quoi te dire, moi, bredouille Alexandre. C'est vraiment bien inscrit au début du livre qu'il ne faut pas raconter l'histoire aux autres, même à ceux qui le lisent aussi.

- C'est toi Alexandre qui va m'écouter, lui rétorque fermement Max. Ce livre bousille lentement non seulement notre bande de copains, mais aussi notre amitié. Alors tu vas me dire ce qu'il y a dedans.

Devant le regard triste d'Alexandre, Max se radoucit :

- Tu sais bien que je suis une exception pour les livres. Je crois que tu peux me faire un petit résumé, ton Marc Norenêt t'en voudra pas. Et puis c'est trop dur de pas partager avec toi quelque chose qui semble si important à tes yeux.

Max a fait mouche et Alexandre commence à lui expliquer, d'abord du bout des lèvres, puis avec de plus en plus d'enthousiasme :

- Tu sais que j'aime que les livres d'aventures. Je me prends pour le héros. Pirate, agent secret, chevalier, j'adore ça ! Mais parfois, il faut vraiment faire un gros effort d'imagination. Avec ce livre, c'est complètement différent. Non seulement j'ai l'impression que le héros me ressemble vraiment, qu'il aime ou déteste les mêmes trucs. Mais en plus, il se retrouve dans des situations que j'ai toujours rêvé de connaître. Attention, ça fait peur, il y a un sacré suspense. Mais le héros s'en sort toujours bien. Il est vraiment balèze.

- D'accord c'est super, concède Max. Mais une fois que tu l'as lu, tu connais la fin. Pourquoi tu le recommences ?

Visiblement, la question de Max dérange son ami. Alexandre hésite un instant, puis se décide à répondre franchement :

- Max, ça doit rester notre secret. Quand j'ai feuilleté les premières pages avant de te le prêter – comme j'avais prévu, je te promets !- j'ai remarqué que c'était une autre histoire qui commençait.

Max doit avoir l'air complètement abasourdi, car son copain reprend :

- Si, je t'assure. C'était bien le même livre, celui que j'avais déjà lu, déjà tout corné. Je sais, j'ai écrit mon nom dedans. Et pourtant, l'aventure n'était pas la même. Elle était simplement aussi géniale. Chaque fois que je le recommence, c'est la même chose.

Soit Alexandre est complètement fou, soit ce livre est tout sauf un livre. Max sait que son copain n'est pas un « allumé du capot », comme sa bande et lui appellent les enfants bizarres. Dans ce cas en plus, ce serait l'école entière qui serait foldingue. La maîtresse et le directeur y compris !

Pour le directeur, on peut se poser la question !
Mais pas pour les autres. C'est du côté de ce livre
qu'il faut mener l'enquête et Max a une petite idée sur
la manière de procéder. Pas besoin de lire ce satané
bouquin pour me retrouver au milieu d'une aventure
bien étrange, se dit-il.

Chapitre 11 :
Non, quand même pas à la maison !

On croit que cela ne peut pas être pire. Notre meilleur copain, toute notre bande, notre maîtresse et même notre directeur sont victimes d'un livre. Franchement, des jours comme celui-là, on devrait pouvoir rentrer tranquille à la maison : difficile d'aggraver la situation, non ? Si, justement.

Ce soir-là, la maman de Max l'attend un grand sourire aux lèvres.

- Mon chéri, tu es le seul de ta bande à ne pas avoir ce livre de Marc Norenêt. Et bien j'ai une surprise pour toi : je te l'ai acheté en sortant du travail !

Non, Max ne pouvait pas deviner à quel point ce livre lui gâcherait la vie, même à la maison… Mais sa mère se trompe : il ne se laissera pas piéger comme les autres. La pauvre est bien loin d'imaginer ce qui se trame à l'école en ce moment ! Comme elle semble fière en lui tendant le paquet de la librairie :

- Allez mon chéri, profites-en bien !

Elle lui fait un grand clin d'œil et ajoute :

- Tu me le prêteras quand tu auras fini !

« Hors de question maman ! Ce livre est bien trop dangereux, même pour toi », pense Max. Quoique… cela pourrait être pratique ! Sa mère plongée dans le

livre ne surveillerait plus le temps passé devant la télé, le laisserait jouer à la console de jeux aussi longtemps qu'il voudrait, se moquerait de savoir si sa chambre est rangée ou non... Oui, mais elle oublierait peut-être de venir le chercher à son entraînement de foot ou ne prendrait plus le temps de préparer elle-même ses pizzas champignons - fromage de chèvre croustillant – poivrons grillés.

Non, Max ne se voit pas avaler une pizza congelée après avoir attendu sous la pluie près de l'entrée du stade ! Il prend le livre, rend à sa maman son beau sourire et lui lance un grand :

- Merci, je suis trop content !

Quand le monde va de travers, il faut savoir mentir avec aplomb, même à sa mère!

Une fois seul dans sa chambre, Max se garde bien d'ouvrir le maudit bouquin. Il le pose sur sa table de nuit, sur l'envers, histoire de ne pas apercevoir la tronche de ce Marc Norenêt juste avant de dormir. Qui sait, ça lui collerait sans doute des cauchemars ? Ce satané écrivain lui gâche déjà tellement la vie !

Bon, passons aux choses sérieuses. D'abord, faire le compte de ses alliés. Puis mettre au point une stratégie.

Max écarte de sa liste tous ceux qui sont envoûtés par le livre. Cela fait déjà du monde ! Il ajoute ceux qui ne le croiraient pas, parce qu'ils savent qu'il déteste lire : en gros, toute sa famille.

A propos de famille, sa petite soeur Mathilde vient de débouler une fois de plus dans sa chambre sans frapper. Elle sait pourtant lire maintenant, c'est clairement marqué sur sa porte de chambre : Entrée avec permission seulement !

- Max, Max, Maax, MAX ! trépigne-t-elle. Il parait que Maman t'a offert « L'aventure de tes rêves ». Je t'en prie, je t'en supplie… laisse-moi y jeter un œil, le lire un tout petit peu ! Un chapitre, ou deux, ou trois ? Je ferai ce que tu voudras !

« Comme ne plus débouler dans ma chambre comme une furie ? Arrêter de cafarder aux parents ? Vider le lave-vaisselle même si c'est mon tour ? » Max attrape le livre de Marc Norenêt. Finalement, cet écrivain va lui servir à quelque chose ! Après avoir exposé ses conditions à sa petite soeur, il accepte en grand prince de lui prêter le livre.

- Notre accord tient tant que tu lis le bouquin, lui dit-il d'un ton très sérieux.

- Tope-là, lui répondit Mathilde, grand sourire aux lèvres.

Elle est persuadée que dès la semaine prochaine, son frère videra de nouveau le lave-vaisselle. Après tout, elle lit bien maintenant, il ne lui faudra pas plus longtemps pour enfin découvrir cette fabuleuse histoire. Max se frotte les mains. Sa soeur n'est pas plus forte qu'une autre, elle se laissera envoûter par Marc Norenêt. Ce qui signifie pour Max plus de lave-vaisselle à vider et de petite soeur qui embête le monde pendant un bon bout de temps. Jusqu'à ce qu'il rompe le maléfice, en fait. Cette dernière pensée le ramène à sa liste. Il faut aussi qu'il vérifie si tous les enfants de l'école sont vraiment envoûtés par ce livre. Qui sait, un autre est peut-être passé au travers. Max n'est peut-être pas le seul qui déteste lire. Demain, à la récréation, il cherchera.

Chapitre 12 :
Une alliée inattendue

Le lendemain, Max cherche… Une fois de plus, tous les enfants de l'école, tous les C.P. aussi maintenant, toutes les maîtresses même, sont plongés dans leur lecture. Certains sont adossés contre le mur de l'école ou assis au pied de l'arbre à secrets des filles, pour lire à l'ombre. D'autres au contraire ont choisi les bancs en plein soleil.

Devant les toilettes, il y a une très longue queue. Depuis que « L'aventure de tes rêves » s'est abattue sur la cour, des enfants emmènent leur bouquin au petit coin. Alors bien sûr, ils s'attardent, d'où cette file d'attente inhabituelle. Vous avez déjà vu une file d'attente pour les toilettes : ça rouspète, ça trépigne, ça tambourine sur les portes. Et bien là, rien du tout. Oh, les jambes croisées des filles trahissent bien leur envie pressante, mais elles ne râlent pas. Et pour cause : elles lisent.

Max a repéré ses copains. Esprit de bande oblige, ils se regroupent toujours à chaque récré. Mais comme ils ne se parlent plus, ne se regardent même plus, Max ne voit pas bien l'intérêt d'être ensemble. La vue de ses potes immobiles lui fiche le cafard. Il est à deux doigts de perdre complètement tout espoir quand il repère quelque chose d'anormal.

Pas très loin de ses amis est assise Hortense, une élève de sa classe. Quoique, Hortense n'est pas tout à fait une « élève » comme les autres. Elle est plus jeune que Max, mais a sauté une classe. Oui, Hortense est ce qu'on appelle une bonne élève. Une super bonne élève même. Si les écoles avaient des vitrines, pas de doute, Hortense y aurait la meilleure place. Attention, cela ne veut pas dire que c'est une snob-bêcheuse-crâneuse comme Max les déteste. Mais Max l'a toujours vu se balader un livre à la main, bien avant que Marc Norenêt publie le sien. Ça n'a pas facilité le rapprochement !

Depuis qu'elle est dans la même classe que lui, Max ne l'entend que parler des devoirs à faire. Elle se porte toujours volontaire quand il y a un exposé à préparer. Aux vacances de Noël, elle pleurait à la sortie de l'école : la maîtresse n'avait pas donné de travail pour les deux semaines de congés ! Vous comprenez qu'elle ne soit pas dans la bande de Max, pas besoin de vous faire un... exposé !

Hortense est en train de lire, bien entendu. C'est une activité tout à fait naturelle chez elle. Mais ce qui est anormal, c'est qu'elle ne lit pas le livre de Marc Norenêt. En plus, elle n'a pas les yeux rivés dans son bouquin. Il lui arrive aussi jeter un regard sur la cour, ou dans le ciel. Cela ne vous étonne pas, vous. C'est une façon assez normale de bouquiner, vous trouvez. On voit que votre école n'a pas été victime de « L'aventure de tes rêves » ! En regardant Hortense, Max se dit qu'il a peut-être trouvé une alliée. Bon, ce n'est pas forcément elle qu'il aurait choisie s'il avait pu. Mais c'est franchement mieux que de continuer tout seul.

En s'approchant d'Hortense, Max remarque qu'elle a un petit carnet près d'elle sur lequel elle note parfois un mot ou deux. Soit le regard de Max est très interrogateur, soit cette fille est vraiment balèze parce qu'elle a deviné sa question :

- Ce carnet me sert pour le vocabulaire. Quand je rencontre dans mon livre un mot que je ne connais pas, je le copie, et le soir, je cherche son sens dans le dictionnaire.

Oh la la, cette fille « rencontre des mots » et passe ses soirées dans les dictionnaires. Eh bien, ce n'est pas gagné ! Mais de toute façon, rien n'est facile dans la vie de Max en ce moment, alors autant se lancer :

- Hortense, je voulais te demander un truc, bredouille Max. (Cette fille l'impressionne un peu, même si elle est plus jeune que lui). Est-ce que t'as lu « L'aventure de tes rêves » ?

Max est persuadé qu'Hortense n'a pas touché au livre de Marc Norenêt, sinon elle serait encore plongée dedans comme les autres. Alors sa réponse le surprend vraiment :

- Bien sûr Max. Hortense a un grand sourire. Franchement, à part toi qui détestes lire, y a-t-il un enfant dans ce pays qui n'a pas lu ce livre ?

C'est vrai cela ! En reste-t-il un seul dans tout le pays !!! L'idée effraie tellement Max qu'il préfère la mettre aux oubliettes !

- Et alors, il ne t'a pas plu ?
- Si. Pourquoi tu me demandes ça ?
- Parce que tu le lis plus ! s'exclame Max. T'es la première personne que je connais qui _ne_ recommence pas ce bouquin à peine terminé.

Hortense réfléchit un instant. Et pour cela, elle remonte du bout de l'index ses lunettes sur le haut de son nez. Elles retombent tout de suite, mais ce n'est pas grave, cela l'aide à se concentrer. Max le sait, il a déjà remarqué ce tic chez Hortense.

- J'ai dévoré « L'aventure de tes rêves », lui explique finalement la fille. Ce n'est pas facile à exprimer avec les mots justes (« *Ce n'est pas faute d'en apprendre* », se garde bien de lui répondre Max), mais ce livre m'a comblée sur tous les points. J'ai trouvé l'histoire passionnante et le texte très bien écrit. Les mots étaient bien choisis, les phrases s'enchaînaient parfaitement...

C'est bon, pas la peine d'en rajouter, Max a compris. Enfin non, il n'a pas compris, il ne comprendra jamais qu'on prenne tant de plaisir à lire un livre. Mais il n'a pas envie non plus qu'on lui explique. Surtout en prenant ce maudit bouquin comme exemple ! Il interrompt Hortense :

- Mais tu l'as pas recommencé !?

Max ne sait pas bien si sa phrase est une question ou une exclamation, comme dirait sa maîtresse.

- Je ne recommence jamais deux fois un livre, lui rétorque Hortense. Elle a dit cela sur le ton .... d'une véritable maîtresse. Décidemment, cette fille est bizarre. Max, il y a bien trop de choses à lire pour cela ! Je n'arrive pas à en lire plus de cinq par semaine. Et encore, seulement pendant les vacances. Alors tu te rends compte si je me mettais à relire les mêmes ?

NON, Max ne se rend pas compte ! Cette fille vient d'une autre planète. Qui sait, d'un autre système solaire même (l'astronomie, ça, Max aime. Il s'y connaît plus qu'en livres !) C'était idiot de croire qu'elle pourrait l'aider. Il a déjà tourné les talons quand une voix le rappelle :

- Par contre Max, si tu trouves que la situation est tout à fait anormale depuis que tout le monde lit ce livre, je suis complètement d'accord avec toi.

Max se retourne. Hortense affiche un grand sourire.

- C'est vrai ?

Max n'en revient pas.

- Bien sûr que c'est vrai. Et si tu veux mon avis, quelqu'un doit faire quelque chose avant que cela ne devienne trop grave, car ce n'est pas le cas seulement dans notre école. J'ai lu un article dans mon magazine d'actu là-dessus : il paraît que ce livre fait un carton dans toutes les cours de récréation de France !

Hortense remonte une fois de plus la monture de ses lunettes sur le haut de son nez, comme si ce qu'elle allait dire était particulièrement important :

- Max, je suis persuadée que nous avons besoin de toi pour arranger cette affaire. Tu es le seul qui puisse résister à l'attraction de ce livre.

- Ah bon, et pourquoi ?
- Puisque tu résistes à tous les livres !
   Et la fille ajoute dans un nouveau sourire :
- Si tu as besoin d'une alliée, je suis là pour t'aider !

Chapitre 13 :
La riposte s'organise

Si vous aviez dit à Max il y a quelques semaines seulement qu'il serait impatient de retrouver Hortense à la récréation suivante, il vous aurait ri au nez. Il aurait raconté la bonne blague à ses copains et toute la bande aurait franchement rigolé. Ces deux-là avaient autant de choses à partager qu'un caillou avec une brosse à dents !

Ce midi pourtant, Max annonce à Alexandre, la Flèche, Zizou et les autres qu'il doit se presser parce qu'Hortense l'attend. La cantine est le seul moment où ils discutent encore tous ensemble. Enfin « discuter », c'est un grand mot ! Comme ils ne doivent pas parler de ce livre et qu'ils passent les vingt-quatre vingt-cinquièmes de leur temps à lire (eh oui, en fraction aussi Max est plus calé qu'en lecture !), il ne reste pas beaucoup de sujets de conversation !

Hortense voit bien que Max a l'air triste en la rejoignant. D'ailleurs, elle rentre directement dans le vif du sujet :

- Max, je vais t'aider à venir à bout de ce livre. Il a un truc pas net, il plaît à trop de monde. Regarde, ton copain Zizou ne le lâche plus, moi aussi je l'ai beaucoup aimé. Pourtant, on n'a pas vraiment les mêmes goûts.

- Ça, c'est le moins qu'on puisse dire ! s'exclame Max.

Une seconde, il s'en veut un peu de sa remarque. Mais Hortense n'a pas l'air vexé, elle continue à lui exposer son plan :

- Nous avons besoin de renfort pour y arriver. Il faudrait réussir à approcher ce monsieur, percer son mystère. A deux, on n'y arrivera pas.

- On sera trois, lui répond Max. Je suis certain que Madame Coquelicot est de notre côté.

- Ça, c'est certain, reconnaît Hortense. Je me souviens de son air pincé quand les garçons de *la* classe lui ont demandé de lire « L'aventure de tes rêves » à la bibliothèque. Je ne dois pas paraître plus écoeurée quand ma mère me sert des épinards !

Hortense n'aime pas les épinards ? Alors, ça ne serait pas la fille absolument parfaite dont rêvent tous les parents ? Max se dit que finalement, ils vont s'entendre… Loin de ces considérations, Hortense est plongée dans ses explications :

- Madame Coquelicot, c'est une chose. Mais je crois qu'il faut aussi que tes copains nous aident.

- Mes potes, tu parles ! la coupe Max. Ils ne feront rien pour m'aider, surtout si cela cause du tort à leur cher Marc Norenêt. Ce gars a détruit notre amitié.

- Je ne crois pas, rétorque Hortense. Tes copains tiennent bien plus à toi qu'à leur livre, j'en suis archi certaine. Il suffit juste…

Hortense lui adresse un mystérieux sourire, et, tout en réajustant une nouvelle fois ses lunettes sur le haut du nez, elle lance :

- Il suffit juste de leur rappeler ! Et pour cela, j'ai une idée... Je me souviens d'un livre que j'ai adoré où...

Ça y est, nous y voilà ! Max a enfin trouvé quelqu'un à qui parler, et il faut que ce soit LA fille de l'école qui ne finit pas une phrase sans citer un livre qu'elle a lu. Quelle poisse, mais quelle poisse !

- Écoute-moi ! reprend Hortense qui apparemment a perçu la réaction de Max. Dans ce livre, l'héroïne se plaint que ses parents ne s'intéressent pas à elle, à ce qu'elle fait ou à ce qu'elle raconte. Alors pour attirer leur attention, elle disparaît quelques jours. Ses parents paniquent bien sûr, et quand ils la retrouvent, ils jurent de ne plus la délaisser !

- Elle est bien belle ton histoire, la coupe Max, mais je vais pas disparaître quelques jours ! Ça risque de ne pas plaire, mais alors pas du tout, à mes parents !

- Tu as raison, bien sûr. Il faut que tes copains aient peur pour toi, mais pas parce que tu as disparu...

- Ouais, et comme ils sont toujours fourrés dans leur bouquin, ça va pas être facile.

- Le livre ! Bien sûr je suis bête ! C'est cela la solution, s'exclame Hortense.

Quand Hortense, un an d'avance, toujours première de sa classe, jamais oublié un seul livre ou cahier pour faire ses devoirs de toute sa vie, s'écrie

« Je suis bête », vous avez du mal à la croire. Par contre, Max sent qu'elle a eu une idée lumineuse.

- Il nous faut quelque chose à la fois fort et plausible, reprend Hortense. Voilà ce qu'on va faire. Tu as le livre de Marc Norenêt ?

Oui, manque de répondre Max. Puis il revoit Mathilde, vidant le lave-vaisselle à toute vitesse pour retourner dans sa lecture. A chaque fois, elle rouspète mais elle finit tout. Elle a trop peur que son frère lui reprenne le bouquin.

- C'est-à-dire que ... Le mien est pas ... Je l'ai prêté, je peux pas le récupérer tout de suite ! balbutie Max. Tu peux pas me prêter le tien ?!

- Si si, pas de souci. Tu feras juste attention de ne pas me l'abîmer, je n'aime pas que mes livres soient cornés, tu sais...

Oui, Max sait... Quand Hortense lui dévoile enfin son plan, le garçon est à la fois super content et super inquiet. L'idée de sa nouvelle alliée est fantastique, elle va marcher. Enfin, il faut qu'elle marche... ou alors cela signifie que la bande de Max, son amitié « à la vie, à la mort » avec Alexandre, c'est de l'histoire ancienne.

Chapitre 14 :
Le retour des copains !

L'action est programmée pour la première récréation, le lendemain. Quand la sonnerie retentit, Max sort de son cartable le livre qu'Hortense lui a passé avant l'école. Oh, elle a bien failli lui demander une fois encore de ne pas l'abîmer, Max en est certain. Mais elle a dû sentir à quel point son complice était nerveux. Pas la peine d'en rajouter ! Il essaie d'être le plus naturel possible, et c'est une véritable performance. Vous imaginez, vous, Max, le garçon qui déteste lire, partant à la récré un bouquin sous le bras ? En tout cas, ses copains sont bluffés. Max prend le temps de leur avouer que oui, finalement, il a décidé de se lancer dans « L'aventure de tes rêves ». Après tout, ça devrait lui plaire, puisque cela plaît à vraiment tout le monde. Alexandre est super content :

- Tu vas voir, Max, c'est … C'est… Allez, je te laisse découvrir. Mais je suis vraiment content que tu vives ça aussi. C'était trop dur de pas partager « L'aventure de tes rêves » avec toi.

Max ne sait pas s'il doit éclater de rire ou hurler : « partager » a bien dit Alexandre ? Qu'on ne lui parle pas de partage avec ce bouquin ! Même sur le dos de la couverture l'histoire n'est pas racontée. Jamais ses copains n'en parlent. Mais bon, ce n'est pas le moment de régler ses comptes, pas encore. Max jette un œil sur sa montre. La récré est déjà à moitié passée, il est temps de passer à l'action. Tout a été réfléchi avec Hortense. Il s'adosse à un des arbres de la cour. Ses copains se sont assis, comme à leur habitude. Pour être sûr qu'ils ne manquent pas une bouchée de ce qui va se passer, il s'exclame :

- Allez, les potes, à mon tour de me lancer dans l'aaaaventuuure !

Alexandre, Zizou, La Flèche, tous rigolent. Zizou ajoute même :

- Vas-y Max, on sait que tu peux le faire !

« *Oui, je peux le faire* », se dit Max pour se motiver. Il ouvre le livre, fait semblant de se plonger dans le premier chapitre, la fameuse mise en garde. Puis tout à coup, Max se redresse, avance de quelques pas. « *Parfait*, se dit Hortense qui suit tout ça d'un peu plus loin, *tout le monde le voit* ». Max tourne sur lui-même, comme s'il avait perdu l'équilibre. Il serre le livre bien contre lui, les deux bras croisés, et tombe sur le sol. Etalé sur le dos, les bras toujours repliés, Max ferme les yeux. Hortense est contente, son livre n'a pas souffert ! Lui se sent tout étourdi. Ses genoux et le dessous de la main droite le piquent, il s'est sûrement égratigné en tombant. Mais ce n'est pas le moment de vérifier : c'est là que tout va se jouer !

C'est Benjamin qui a remarqué en premier que quelque chose n'allait pas avec Max. Il a filé un coup de coude dans les côtes de Zizou, qui a transmis à La flèche, qui a transmis à Alexandre, et du coup (de coude…) tous les copains ont assisté à la chute de Max. Ce dernier a dû bien jouer son rôle, parce que personne ne lui dit de se relever, d'arrêter sa blague. Un grand silence règne. Puis retentit le grand cri d'Alexandre :

- MAAAADAAAMMMEEE ! Madame Bouchard, au secours, Max est tombé !

- Max s'est fait mal !

- Max a les yeux fermés !

- Il respire plus !

- Il est mort peut-être !

- C'est vrai que Max est livide. « *Il n'a franchement pas l'air bien* », s'inquiète Hortense. En quelques secondes, c'est la panique complète dans la bande de Max, puis dans toute la cour. Les maîtresses arrivent en courant, leurs satanés livres sous le bras. Madame Bouchard écarte la foule, pour que Max n'étouffe pas. Elle pose son oreille sur sa poitrine. Elle appuie deux doigts sur sa gorge. « Elle cherche mon pouls, se dit Max, pour savoir si je respire ». Le garçon essaie de ne pas bouger.

- Il respire, Max entend Madame Bouchard s'écrier. Appelez l'infirmière, appelez un médecin, appelez le SAMU !

Tiens, on dirait que la maîtresse aussi commence à perdre son sang froid. Max s'en veut d'inquiéter tout le monde ainsi. Et vraiment tout le monde. Parce qu'à quelques pas de là, une fille affiche sincèrement un air inquiet. Hortense décide qu'il est temps d'intervenir :

- Mais qu'est-ce qui s'est passé, qu'est-ce qui l'a mis dans cet état ?

Alexandre, en entendant la question, se fige soudainement :

- Quelle horreur ! C'est le livre ! C'est le livre qui l'a tué ! Max venait juste d'ouvrir le livre de Marc Norenêt quand il est tombé et Max déteste lire !

Tout en parlant, Alexandre a jeté sur le sol son exemplaire de « L'aventure de tes rêves ». Il le regarde d'un air effrayé tout en hurlant :

- Ce livre a tué mon meilleur ami, ce livre a tué mon meilleur ami !

Tous les enfants regroupés autour de Max commencent à regarder d'un air suspect leur livre. Certains protestent mollement :

- C'est pas possible, ce livre est trop bien pour faire du mal à quelqu'un.

Augustin Kacerol en profite pour intervenir :

- Max est une mauviette, il a dû juste oublier de prendre son petit déjeuner ce matin.

Mais aux regards noirs que lui jette son entourage, il comprend qu'il vaut mieux se taire.

- L'ambulance est en route, annonce tout essoufflé le directeur.

« Ça, alors, le directeur a traversé la cour en courant, lui qui déteste le sport ! » se dit Max. Le garçon décide qu'il est temps de se réveiller. Il n'a quand même pas envie de se retrouver à l'hôpital ! Le tout est de réussir son retour comme il a réussi son « départ ». Alors il ouvre un œil, puis le deuxième, les referme, les rouvre. Toute la cour est pendue à ses battements de paupières ! Dire que la veille encore, il aurait pu danser en caleçon au milieu de la cour, personne ne l'aurait remarqué !

Son regard croise celui d'Alexandre. Son meilleur ami a les larmes aux yeux ! A cette seconde précise, Max ne se sent pas très fier. Heureusement, il aperçoit Hortense qui lui fait de deux doigts un discret V de la victoire. Max s'assoit doucement, puis se lève en s'appuyant sur le bras de sa maîtresse.

- Max, qu'est-ce qu'il t'est arrivé ? lui demande-t-elle, d'un ton encore très inquiet. Comment tu te sens ? Tu veux aller à l'infirmerie ? J'appelle tes parents ? C'est la première fois que cela t'arrive ? Tu veux un verre d'eau ? Tu es sûr que tu peux te lever ?

« Une question à la fois », ce n'est pas ce qu'elle leur répète tout le temps en classe, Madame Bouchard ? Max a bien envie de retourner à sa maîtresse une de ses répliques préférées. Mais il n'est pas sûr qu'elle apprécie. Et il compte bien profiter encore un peu de son statut de protégé !

- Ça va aller, murmure-t-il, comme si c'était encore difficile pour lui de parler. Je me sens... presque bien.

Puis, parlant plus fort afin qu'Alexandre entende, Max raconte :

- J'ai ouvert le livre, j'ai commencé à lire, et là, ça a été le grand trou noir.

Max aurait pu annoncer qu'il a croisé un tyrannosaure dans l'escalier de l'école, la stupeur n'aurait pas été plus grande. Les questions fusent dans tous les sens :

- Le grand trou noir, comme un truc cosmique ?

- Alors c'est vrai, lire, c'est vraiment dangereux pour toi ?

- Qu'est-ce que t'as fait, tu l'as commencé par la fin ?

- Tes parents savent que leur fils est une mauviette ?

Cette question-là vient d'Augustin Kacerol, bien entendu !

- Parce que les tiens savent que leur fils est un crétin ?

C'est Alexandre qui a rétorqué. Le meilleur copain de Max prend sa défense, voilà le bon vieux temps revenu ! Avant que la dispute ne dégénère, Madame Bouchard renvoie les élèves dans la classe. D'ailleurs, la sonnerie a retenti depuis longtemps.

Chapitre 15 :
L'intuition d'Hortense

Madame Bouchard propose à Max d'aller se reposer à l'infirmerie. L'idée est tentante : il n'aurait pas à recopier la leçon de géographie, avec tous ces noms de fleuves à rallonge. En plus, il se sent vraiment un peu patraque. Mais bon, le garçon se dit qu'il ne doit pas abuser de sa chance. Et il n'a pas envie de s'éloigner d'Alexandre, il vient juste de le retrouver !

A la sortie, tous ses copains le questionnent sur ce qui lui est arrivé. Ils ont tous senti que son malaise était en rapport avec le livre de Marc Norenêt, et quand Max leur confirme, pas un ne met sa parole en doute. Augustin tente de s'approcher de Max pour lui lancer une vanne. Mais en moins de temps qu'il me faut pour vous l'écrire, tous ses copains font bloc autour de lui. Augustin rejette sa grande mèche noire en arrière et déguerpit sans demander son reste.

Hortense passe près de Max mais n'ose pas s'approcher. C'est vrai qu'ils ne sont pas vraiment copains. En même temps, Max sait qu'il a encore bien besoin d'elle et de ses bonnes idées pour régler tous ses problèmes. Et puis, pour être tout à fait franc, il devrait aussi la remercier.

- Eh, Hortense ! Hortense ! Je voulais…

Encouragée par ces cris, la jeune fille s'approche.

- Salut Max. J'espère que tu... Hortense sourit. Que tu te sens mieux qu'avant.

Elle est vraiment fortiche pour passer des messages sans vraiment les dire !

- Oui, ça va mieux. Je voulais te remercier pour... Max marque exprès un temps d'arrêt. Pour ton livre bien sûr. Mais je vais te le rendre, je n'ai pas très envie de retenter le coup.

- Je comprends bien !

- Je sais pas si t'imagines à quel point, lui répond Max d'un ton mystérieux, tout en tapotant sur la couverture du bouquin qu'il lui rend.

Le garçon se doutait qu'Hortense vérifierait l'état de son livre avant de le ranger dans sa bibliothèque. A chacun ses petites manies ! Mais il est certain maintenant en regardant Hortense partir qu'elle va trouver le message qu'il lui a laissé dedans. Elle a compris son allusion.

Et en effet, une demi-heure plus tard, alors que Max finit son goûter, le téléphone sonne.

- J'y vais, hurle Mathilde en se précipitant sur le combiné.

« Et flûte ! pense Max, elle va encore m'enquiquiner parce que... »

- C'est une fille ! C'est une fille ! C'est une fille qui veut parler à Max !

« Voilà, *qu'est-ce que je disais ! Quelle poisse, cette sœur* ». Max n'a pas le temps de s'occuper de

Mathilde et de sa curiosité mal placée. Il a une annonce importante à faire à Hortense.

- Tu t'es super bien débrouillé tout à l'heure, commence Hortense. Tu ferais un excellent acteur, tu sais. Bon, à part que les acteurs doivent lire leur texte d'abord pour l'apprendre !

Alors c'est bien cela ? Ce sont toutes les filles qui sont pénibles, pas seulement sa frangine ? Avec Hortense, Max n'a pas envie de batailler. Mais il lui renvoie quand même la balle :

- Tu as trouvé mon mot, c'est bien. Je me doutais que tu pourrais pas t'empêcher d'inspecter ton livre en le rangeant. Rassure-toi, ça s'use pas quand on les lit, ces trucs !

Egalité ! Il est temps d'entrer dans le vif du sujet. Après tout, ces deux-là appartiennent à la même équipe, non ?

- Hortense, il s'est passé un truc super bizarre quand j'ai ouvert ton livre. Avant de faire semblant de tomber, j'ai commencé un passage. J'ai eu l'impression que toutes les lettres bougeaient. Tellement que j'en ai vraiment eu mal à la tête. J'ai même cru que je voyais plus clair, ça m'a collé la frousse ! Quand elles se sont figées, le texte n'avait aucun sens. Je t'assure, il faut que tu me croies.

- Je te crois, Max. Je m'attendais un peu à une réaction bizarre avec toi.

Alors là, Max est sidéré !

- T'aurais pu me prévenir si tu croyais que je prenais des risques !

- Je n'ai pas parlé de risques, lui répond tranquillement Hortense. Juste de réaction bizarre. Pour tout te dire, je pensais que tu ne verrais rien dans le livre.

- Comment ça, rien ? Max est de plus en plus médusé.

- Tout cela n'est pour l'instant qu'une supposition, mais j'ai l'impression que chacun trouve dans « L'aventure de tes rêves » ce qu'il a toujours cherché dans un bouquin. Voilà pourquoi il plait à tout le monde, à tous les enfants quels que soient leurs goûts. Mais toi, tu n'attends absolument rien d'un livre. C'est normal que tu n'y trouves rien.

Oh la la, tout cela est de plus en plus tordu. En même temps, ce raisonnement tient la route. Il faut juste accepter l'idée que...

- Chacun lirait en fait une histoire différente ? C'est cela que tu essayes de me dire ?

- Oui, j'en suis convaincue. Et c'est pour que personne ne s'en rende compte que l'auteur a bien précisé qu'il ne fallait à aucun prix raconter l'histoire. Franchement Max, tu vois une autre raison pour que tes copains, les maîtresses, Augustin Kacerol et même moi, on aime tous LE même livre ? C'est trop gros.

- Mais comment c'est possible ?

- Ça, je n'en sais rien. Et avant de le découvrir, il faudrait d'abord vérifier que je ne me trompe pas. Pour cela, nous avons besoin de tes copains. Il faudrait qu'ils fassent un petit test pour nous.

- Quel genre de test ?

- Genre fiche de lecture !

- Oh, s'exclame Max, je suis pas certain que ça les emballe.

Cependant, il ajoute d'un ton assuré :

- Mais ils le feront pour moi. Pas de doute.

« *Ou plutôt, PLUS de doute* », pense-t-il en raccrochant.

Chapitre 16 :
Drôles de fiches de lecture !

« C'est l'histoire d'un garçon qui veut être champion de foot. *Un jour, en sortant de son entraînement, il voit une voiture en panne sur le bord de la route. Coup de chance incroyable, c'est la voiture de Zinédine Zidane, qui demande de l'aide au garçon... »*

« *C'est l'histoire d'un garçon qui doit combattre le maléfice qui s'est abattu sur son pays. Pour cela, il doit faire le tour de la terre en courant, le plus vite possible et sans s'arrêter une seule fois ! Bien sûr, c'est très dur, mais il court très vite et il est très fort, alors il y arrive. »*

« *C'est l'histoire d'un garçon qui est tellement intelligent et malin que personne n'ose rien faire autour de lui sans d'abord lui demander son avis. Lui, il donne toujours une réponse très futée sans hésiter une seule seconde. »*

« *C'est l'histoire d'un soldat robot super balèze qu'on transporte en fusée jusqu'à la planète où il y a la guerre. Seulement, la fusée s'écrase sur la terre. Le robot se retrouve seul dans le jardin d'un garçon. Comme il est super balèze, il comprend qu'il peut faire confiance au garçon. Et à la fin, le robot ne veut plus faire la guerre. »*

Franchement, les copains de Max ont super bien joué le jeu. Il les a tous appelés hier soir, et ce matin, chacun lui apporte son résumé du livre de Marc Norenêt. Comme Alexandre lui avait dit que l'histoire changeait chaque fois que l'on relit le livre, Max leur a demandé de résumer la première histoire qu'ils ont découverte.

A la récréation, Max leur propose de lire tous les résumés.

- Mais y'en a pas deux qui racontent la même histoire, s'exclame Alexandre.

- Et pourtant, c'est exactement les mêmes livres, ajoute Zizou. Ça j'en suis certain ! C'est bizarre !

- C'est génial tu veux dire, rétorque La Flèche. Personne n'a réussi un truc pareil avant ! Même les jeux vidéo, on finit par les connaître. Tandis que ce livre, on s'en lassera jamais.

- N'empêche que c'est pas normal, le coupe Benjamin. Moi, ça me plaisait tellement que j'ai rien osé dire. Mais là, ça me colle les chocottes.

- Tu te rends compte, Max ? Si t'avais pas été attaqué hier, on serait encore envoûté par ce livre, continue Alexandre.

Max rougit très légèrement. Heureusement, personne ne le remarque. Sa petite mise en scène de la veille était indispensable. Mais il n'est quand même pas très fier d'avoir menti à ses copains. Alors il profite de l'occasion pour parler à ses copains d'Hortense.

- Vous savez, Hortense, elle avait senti que tout cela était louche, leur raconte-t-il. C'était la seule avec moi à ne pas lire « L'aventure de tes rêves » pendant la récré. Max n'en est pas certain, mais il lui semble bien que ce sont ses copains qui rougissent maintenant. Ils doivent regretter de s'être faits prendre ainsi. Elle a lu le livre, et l'a beaucoup aimé. Mais elle a pas voulu le recommencer, parce qu'elle trouvait cela louche.

Bon aussi, parce qu'elle ne lit jamais deux fois le même livre, c'est du gâchis. Mais franchement, Max, LE garçon qui DETESTE la lecture, ne peut pas se lancer dans ce genre d'explications, c'est impossible.

- Je crois qu'on devrait lui demander de nous aider, poursuit Max. Oh la la, ses potes font une drôle de moue, ils n'ont pas l'air ravi. C'est vrai qu'elle est un peu pénible si tu la branches devoirs ou bouquins. Mais si elle avait pas été là pour m'aider à vous…

Oups, Max a bien failli gaffer. Vite, changeons de chapitre.

- Si elle avait pas été là, on n'aurait pas su que vous ne lisiez pas tous la même histoire. Elle a eu l'idée hier soir, quand elle m'a appelé parce que… parce qu'elle s'en voulait que son livre m'ait rendu malade !

- Pourquoi t'avais son livre ? s'étonne Alexandre. Ta mère a dit à la mienne qu'elle t'avait offert le livre de Marc Norenêt.

- Ouais, c'est vrai… Mais bon, c'est une longue histoire… En fait, j'ai marchandé le mien à ma frangine pour qu'elle me fiche la paix.

Voilà un argument que les copains acceptent facilement ! Ouf, l'explication est finie.

- T'as raison, admet Alexandre. Une experte en lecture, c'est sûrement efficace pour combattre un livre. Et puis l'idée d'Hortense de faire ce test nétait pas mauvaise, faut bien le reconnaître.

- Je suis d'accord ! annonce La Flèche

- Moi aussi ! reprend Zizou.

- Ben, si vous êtes pour, moi aussi, conclut Benjamin.

Ce n'est pas la peine de l'avouer devant les copains, mais Max est carrément content d'aller chercher Hortense pour qu'elle se mêle à la conversation. Elle s'est installée à sa place habituelle, avec son livre et son carnet, mais ne semble pas très concentrée. Elle regarde plus vers lui et ses copains que dans son bouquin aujourd'hui, Max est prêt à le parier !

- Hortense, tu veux lire les résumés de « L'aventure de tes rêves » ?

- J'avais raison, n'est-ce pas ? J'avais raison ?

- Franchement Hortense, ça t'arrive de te tromper ?

Max a voulu répondre sur le ton de l'humour, mais il a quand même l'impression d'avoir vexé Hortense. Alors il reprend tout de suite :

- Tous les résumés sont différents. Complètement différents. Mes copains n'ont pas du tout lu la même histoire. Tiens, regarde toi-même.

Max tend le tas de feuilles à Hortense, mais celle-ci n'essaie pas de les attraper. Le garçon ne comprend pas bien sa réaction :

- Ben pourquoi tu veux pas les lire ? C'est bien écrit, tu sais !

Il a haussé le ton et Hortense réalise à son tour qu'elle a blessé son nouvel ami sans le vouloir :

- Non, ce n'est pas du tout ce que tu crois ! Bien sûr que les résumés de tes copains sont bien rédigés, je n'en doute pas (« *Pourquoi faut-il toujours qu'elle parle comme une maîtresse* », se dit Max en l'écoutant). C'est juste que… si le livre fonctionne vraiment comme je le pense, ils ont dû raconter des histoires très … personnelles. Je ne les connais pas tant que ça, je ne veux pas être indiscrète.

« *Alors là, chapeau ! C'est vraiment classe d'avoir pensé à ça* » se dit Max. Franchement sa sœur, cette mêle-tout, pourrait en prendre de la graine !

La Flèche, Zizou, Alexandre et Benjamin ont maintenant rejoint Hortense et Max. Ce rassemblement bruyant tranche vraiment avec le calme qui règne dans la cour depuis plus de deux mois maintenant. Mais personne ne le remarque. Malgré ce qui s'est passé hier après-midi, les enfants et les maîtresses sont de nouveau plongés dans leurs livres. « L'aventure de tes rêves » contrôle encore presque toute l'école. C'est certain : Max, ses copains et sa nouvelle alliée, ne sont pas au bout de leur peine. Mais cela ne les empêche pas de s'accorder une vraie pause, une vraie récré comme nous les aimons tous. C'est Zizou qui donne le coup d'envoi :

- Eh les potes, si avant de chatouiller Marc Norenêt, on taquinait un peu le ballon ?

Franchement, en toute honnêteté, il est difficile de décrire par écrit le « Oui » qui suit. Il est, pour faire simple, fort, sincère et joyeux. Seule Hortense ne semble pas à l'aise, jusqu'à ce que Max lui lance :

- Hortense, tu veux bien arbitrer ?
- Avec plaisir !

C'est comme cela, Hortense s'y connaît en règles, même celles du foot. Ne demandez pas si elle les a apprises dans un livre, il ne faut pas gâcher la joie de Max !

Chapitre 17 :
Trop beau pour être vrai

A quoi cela sert-il d'avoir raison si vous êtes les seuls à le savoir ? Max, Alexandre et les autres ont beau retourner la question dans tous les sens, ils ne trouvent aucune solution. Comment prouver qu'un livre est anormal, au pays entier en plus... Un film encore, un programme télé, ou un jeu vidéo, ça serait facile ! Mais oser dire qu'un livre est nuisible, c'est une autre histoire. On nous rabat tellement les oreilles sur les bienfaits de la lecture !

Même Hortense sèche sur le problème. Ce n'est pas faute de se creuser les méninges. C'est la première fois que cette fille est confrontée à un problème qu'elle ne peut pas résoudre. Et ça la mine. Max a remarqué qu'elle remontait ses lunettes encore plus souvent que d'habitude. Et à la récréation, elle n'emporte même plus de livre. Elle ne prend que son carnet, qu'elle griffonne nerveusement. Elle lit toutes les interviews que donne Marc Norenêt, regarde chacun de ses passages à la télévision. Et pourtant Hortense n'est pas le genre de fille à traîner devant le petit écran. Mais ça, vous vous en doutiez, non ?

- Il y a quelque chose de pas naturel avec ce type, répète-t-elle encore ce matin pendant la récréation.

- Ça c'est pas une découverte ! rigole Alexandre. Ça fait un moment qu'on sait que ce livre est bizarre.

- Je ne te parle pas du livre, lui rétorque sèchement Hortense. Je te parle de ce Marc Norenêt. Je n'ai pas manqué un seul de ses passages à la télé. Ce monsieur est, comment dire… parfaitement figé ! Sa coupe de cheveux est toujours exactement la même, pas une mèche qui bouge d'un centimètre. Et son sourire ! Ses dents sont parfaitement alignées, de taille tout à fait identique. Je sais, j'ai mesuré sur la couverture du livre. Et son regard ! Vous avez déjà vu des yeux d'un tel vert ? Moi non, ou alors avec des lentilles. On dirait… qu'il se déguise !

Les garçons ne répondent pas. Bien sûr, une fois de plus, Hortense a raison ! A-t-on déjà vu un homme avec un physique si peu naturel ? Mais alors, qui est vraiment Marc Norenêt, à quoi ressemble-t-il ? Et pourquoi a-t-il cherché à cacher son apparence ? C'est Benjamin qui a posé à voix haute cette dernière question.

- A mon avis, c'est tout simplement qu'il veut pas être reconnu, répond Zizou.

- Parce qu'il veut pas être dérangé dans la rue ? hasarde Benjamin.

- Ou parce qu'il n'a pas la tête de l'emploi. Alexandre semble réfléchir à voix haute. Marc Norenêt est peut-être en fait très moche. Et il pense qu'il faut être beau pour vendre un livre.

- C'est ridicule, cela n'a rien à voir avec cela, s'énerve soudainement Hortense. Un bon livre, ce n'est pas une histoire de physique de l'auteur, c'est une alchimie entre une histoire, des mots, des…

- C'EST BON, ON SAIT ! l'interrompent en chœur les garçons.

- Pour un livre normal, ça se passe sans doute comme cela, poursuit Max. Il faut peut-être revoir notre raisonnement depuis le début. Marc Norenêt savait qu'il sortait un livre qui allait envoûter les foules, et il devait lui aussi être envoûtant.

- Si on découvre qui se cache derrière Marc Norenêt, on percera sans doute le secret de son livre.

La Flèche a raison. Reste juste un petit détail à régler : comment approcher Marc Norenêt ? Max se sent une fois de plus découragé. Oh, pas comme quand il était seul contre tous, non. Comme un garçon qui devrait grimper à mains nues une muraille de mille mètres de haut. Hortense a dû sentir sa baisse de moral. Elle pose sa main sur l'épaule de son copain :

- Ne t'inquiète pas Max, on y arrivera bien. Nous au moins, nous ne sommes pas ensorcelés. Et je monte la garde. Dès qu'une occasion se présentera, nous sauterons dessus !

Oui, Max se sent comme un garçon qui doit escalader une très haute muraille. Mais qui aurait près de lui des amis pour lui faire la courte échelle.

Chapitre 18 :
Signé, Marc Norenêt

A croire qu'Hortense a une bonne étoile qui veille sur elle ! Elle a promis de trouver le moyen de percer le mystère de Marc Norenêt. Et elle y parvient deux semaines à peine plus tard. Deux semaines, c'était long quand tous les copains lisaient. Mais quand on attend de partir en guerre en jouant au foot ou aux billes, le temps passe beaucoup plus vite !

- Voilà peut-être l'occasion que nous attendions ! claironne Hortense.

La nouvelle doit être importante, parce que l'écolière s'est précipitée au milieu de la partie de foot et Zizou en a loupé sa passe. Et on ne fait pas manquer un but à Zizou sans raison valable !

- Marc Norenêt organise une séance de dédicaces à la grande librairie de la place Blanche ! Oui, il vient dans notre ville, on va pouvoir le rencontrer.

Hortense n'a pas été très discrète dans son annonce, et le nom de Marc Norenêt a réveillé soudainement toute la cour :

- Quoi, Marc Norenêt vient ?
- Mais quand ?
- Mais où ?
- On pourra lui faire signer le livre ?
- Lui parler ?

- MARC NORENÊT, ICI !!!

Il y a une minute, on entendait encore les mouches - ou en tout cas le ballon des garçons !- voler, et maintenant, c'est l'effervescence complète !

- Dis Hortense, t'aurais pu être plus discrète, lui reproche Alexandre.

- Parce que tu crois qu'ils ne l'auraient pas appris, peut-être ?

- Pourquoi faut-il que cette fille ait toujours le dernier mot, ronchonne le garçon.

Heureusement, elle passe tout de suite à l'explication de son plan :

- Ça va être franchement dur de l'approcher ce jour-là. Mais par contre, on peut peut-être essayer de le suivre. La dédicace a lieu un mercredi. A la sortie, on le file et on découvre si oui ou non il change de tête.

- Et si c'est le cas, après, on saura qui on doit filer !

- C'est pas un peu risqué tout ça ? Benjamin s'excuse presque en posant sa question. Pas facile d'être le trouillard de la bande…

- Il suffit d'une bonne organisation, c'est tout.

Et pour l'organisation aussi, la bande de Max peut compter sur Hortense.

- Il y aura un monde fou, c'est sûr. Je ne vois pas comment la voiture de Marc Norenêt pourrait se garer sur la place. Mais j'ai repéré qu'on pouvait entrer par l'arrière dans la librairie. Cette petite entrée est réservée aux livraisons. Je suis certaine que Marc Norenêt va arriver par là.

- Je me mettrai à cette sortie, décrète Zizou, parce qu'il faudra sans doute un bon jeu de jambes et de l'endurance pour suivre Marc Norenêt quand il repartira.

- Je resterai avec toi, suggère Alexandre. Si quelqu'un nous demande ce qu'on fait là, j'inventerai un bobard.

- Si jamais je me trompe (si si, ils ont bien entendu !) et qu'il rentre par l'entrée principale, reprend Hortense, deux d'entre nous se mettront dans la file de la librairie.

Benjamin et Max sont volontaires pour se mettre dans la queue. Hortense, elle, sera la première qui fera dédicacer son livre.

- Il faudra juste que je vienne plusieurs heures à l'avance.

- Oh la, mais tu vas t'ennuyer ! s'exclame Zizou.

Hortense est touchée que le garçon s'en soucie. Elle rougit légèrement.

Benjamin et Max devant, Hortense dedans, Zizou et Alexandre derrière : la filature est prête. Et La Flèche ?

La Flèche, c'est le joker de la bande !

- Tu décideras au dernier moment ce que tu dois faire, lui propose Hortense. Tu comprends, pour qu'un plan fonctionne, il faut laisser une place à l'improvisation. Suis ton instinct !

Le reste du plan, même moi je ne l'ai pas entendu. La bande a parlé très très bas. Pas question qu'un enfant de l'école gâche leur effet de surprise !

« Noire de monde », vous connaissez l'expression ? Cela peut sembler ridicule, mais la place Blanche est noire de monde ce mercredi après-midi. La librairie déborde de fans de Marc Norenêt, ils ont envahi toute la place. Certains sont même grimpés sur la statue du premier maire de la ville. Il se retrouve avec une jeune fille sur les épaules et deux enfants qui lui piétinent les pieds. Monument oblige, l'homme reste de pierre ! Franchement, on se demande comment Marc Norenêt va bien réussir à se frayer un chemin jusqu'à la librairie et sa table de dédicaces.

Devant cette table l'attend Hortense. Elle a réussi son premier défi : elle sera bien la première à faire signer son livre. Il faut dire qu'elle est arrivée avant le lever du jour devant la librairie. Elle a apporté quelques munitions : une bouteille d'eau, un paquet de biscuits et quatre livres. Il est temps d'ailleurs que l'écrivain arrive : elle termine le troisième !

Enfin l'écrivain arrive. Dans la librairie, sur la place, la foule scande son nom. Hortense avance timidement vers lui. Elle lui tend son livre à signer.

- C'est pour ? Le ton métallique sur lequel Marc Norenêt lui a posé la question tranche vraiment avec le grand sourire qu'il affiche. Hortense en a froid dans le dos, mais ce n'est pas le moment de se dégonfler :

- Hortense, c'est pour Hortense, bafouille-t-elle. Puis, se ressaisissant : Tenez, je vous ai amené un paquets de bonbons, c'est que j'ai tant aimé votre livre…

Hortense tend le paquet, l'écrivain le prend et le pose sur le bord de la table.

- Merci, allez, au revoir !

« *Pourvu que ça marche* » se dit Hortense en s'éloignant. Elle jette un coup d'œil rapide à la dédicace : « *A Ortense* ». Ce soi-disant écrivain n'a même pas su orthographier son prénom correctement ! Elle remonte difficilement la file à contre-courant : personne ne veut bouger pour la laisser passer. Elle se fraie enfin un chemin jusqu'à Benjamin et Max et leur adresse un grand clin d'œil :

- A vous de jouer les gars. La queue fait environ deux cents personnes de long sur trois personnes de large. J'ai calculé qu'à raison d'une demi-minute par signature, ce qui me paraît correct, vous passerez dans… cinq heures. Vous voulez peut-être que je vous laisse la bouteille d'eau ?

Ne se trompe-t-elle donc jamais, même un tout petit peu ? Une petite erreur de calcul qui leur aurait permis de gagner une demi-heure ? Exactement cinq heures plus tard, Max et Benjamin se retrouvent en face de Marc Norenêt. Ils sont crevés, ils meurent d'envie d'aller aux toilettes et de manger quelque chose, mais ce n'est pas le moment de se déconcentrer. L'écrivain a signé le livre de Max, il s'apprête à signer celui de Benjamin quand Max lance :

- Oh, vous avez un paquet de bonbons, cool. Dites, j'peux pas en avoir un ? Ça fait cinq heures que j'attends, j'ai super faim !

- Ouais, moi aussi ! enchaîne dans la foulée Benjamin. S'vous plaît…

Benjamin n'est pas seulement le plus petit de la bande. C'est aussi celui qui a gardé un air bébé. En général, il n'aime pas qu'on lui dise, mais il s'en sert de temps en temps pour obtenir ce qu'il veut. Comme maintenant. Et ça marche, Marc Norenêt ouvre le paquet d'Hortense. Pourvu que le plan fonctionne !

L'écrivain est fatigué. Il ne rêve que de sortir prendre l'air, d'enlever sa veste. Il a chaud et sa mâchoire tire, à force d'afficher ce sourire forcé. « *C'est décidé, je refuserai désormais ces séances de signatures,* se promet-il. *Je n'ai pas besoin de cela pour qu'ils m'adorent !* » Depuis une bonne demi-heure, son estomac lui rappelle que le déjeuner est loin. Alors quand ces deux gamins lui demandent un bonbon, il hésite un instant. Certes, ce n'est pas terrible pour la céramique de son dentier ; mais franchement, ça ne doit pas être si risqué non plus. Il ouvre le paquet, balance un bonbon à chacun des gamins et en ouvre deux d'un coup qu'il engloutit avidement.

Immédiatement, sa gorge commence à chauffer, puis à réellement le piquer. Que se passe-t-il ? Marc Norenêt veut demander de l'eau, mais ne sort de sa gorge qu'une toux rauque. Il a l'impression d'avoir

avalé nature une grosse cuillère de moutarde forte.
D'ailleurs, ses yeux le picotent maintenant. Ah non,
pas les yeux !

Tope-là ! Max et Benjamin sont super contents. Et
pas seulement parce qu'ils sont les deux derniers à
avoir eu leurs livres signés par Marc Norenêt ce jour-
là, mais parce que l'écrivain a choisi de se précipiter
vers la sortie, dans le fond du magasin. Il a jeté un
dernier regard furieux sur la salle en partant ; Max est
quasiment certain que ses deux yeux n'étaient alors
plus de la même couleur. « *Allez Zizou, à toi de
jouer !* » se dit le garçon quand - enfin !- il sort des
toilettes du sous-sol de la librairie, dix minutes plus
tard.

Chapitre 19 :
La Flèche ... coffré !

Il y avait Zizou, le vrai, le grand, et son coup de tête en finale de coupe du Monde. Il y a maintenant Zizou, celui de Max et ses copains, tout aussi penaud devant son équipe ce mercredi soir, sur la place Blanche de nouveau désertée.

- M'a échappé, marmonne-t-il. J'peux pas vous en dire plus. Il est sorti comme une furie. Les gens se sont vite écartés, il est grimpé dans sa voiture, et hop !

- Y avait rien à faire, confirme Alexandre. On était quelques-uns à l'attendre là, et il n'a pas traîné. Ça Hortense, tes bonbons au poivre ont été efficaces !

- C'est sûr ! reprend Max. Je suis quasi-certain qu'il avait un œil marron et l'autre vert en sortant. Vous croyez qu'on a raison, que ce gars se déguise ?

- Oui, mais ça ne nous sert pas à grand-chose de le savoir. Où doit-on le chercher maintenant ? se lamente Hortense. A ce rythme là, on aura tous le bac avant de le coincer.

- Allez, on a juste manqué de chance, la console Alexandre en lui tapotant l'épaule. Ton plan était parfait.

- Eh, à propos de chance, quelqu'un a vu notre joker ?

Benjamin a raison : où est La Flèche ? Il n'est quand même pas rentré chez lui directement ? Pourquoi n'est-il pas au rendez-vous sur la place ?

- Je suis sûr qu'il va bien, je l'appellerai ce soir, rassure Max. En attendant, on devrait aussi rentrer. Je suis crevé, moi.

Max se trompe : la question pour La Flèche à cet instant précis n'est pas « comment » il va mais plutôt… « où il va ? ». Parce que lui-même l'ignore !

Hortense voulait qu'il agisse en joker, il ne l'a pas déçue, c'est certain. Marc Norenêt est bien arrivé à la librairie par derrière, comme la fille l'avait prévu. La Flèche avait remarqué que la place de livraison de la librairie avait été bloquée par deux cônes. « Ils la gardent libre pour Marc Norenêt », s'était-il dit. Son intuition s'est révélée exacte : c'est bien là que l'écrivain s'est garé en début d'après-midi. Il est descendu de sa voiture de sport, a ouvert son coffre pour en sortir sa veste. Il l'a laissé ouvert le temps de ramasser sa sacoche restée à l'avant, au pied de la place passager.

Il l'a laissé ouvert peut-être une demi-minute en tout.

C'est rien, trente secondes. A peine le temps de dire ouf. Ou deux fois ouf peut-être. En tout cas, ce n'est pas suffisant pour avoir une idée et la mettre à exécution.

Sauf si vos copains, à juste titre, vous ont surnommé « La Flèche ».

Quand Marc Norenêt a refermé son coffre, il a bien eu un sentiment étrange, comme un bruissement d'ailes, une présence furtive. Il a jeté un regard à la ronde. Personne près de lui : les quelques admirateurs qui avaient deviné qu'il arriverait par là étaient retenus par deux vigils embauchés pour l'occasion par la librairie. Il était en retard, il était énervé à l'idée des heures à venir, à répéter la même question : « c'est pour qui ? », à dédicacer toujours la même phrase, et le tout avec le sourire, s'il vous plait ! Alors il a vite oublié cette impression bizarre. Il venait de refermer son coffre sur un passager clandestin. Mais il ne s'en est pas rendu compte.

Aux cris étouffés du petit groupe dehors, La Flèche a compris que Marc Norenêt s'éloignait de sa voiture. Alors il a vite repoussé la couverture sous laquelle il se dissimulait : il allait mourir de chaud !

Il ne revenait pas encore lui-même de son audace : dissimulé derrière les grandes bennes à cartons de la libraire, il avait jeté un oeil dans le coffre, vu l'écrivain replonger dans la voiture et aperçu la couverture. Dix secondes plus tard à peine, il était installé.

A la fierté de l'exploit réussi se mêlait une angoisse sourde : et maintenant, qu'allait-il se passer ? Où irait Marc Norenêt quand il reprendrait sa voiture ? Au fait, quand la reprendrait-il ? C'était déjà ça la première question importante ! La Flèche ne voulait pas rester enfermé des heures ! A cette pensée, il commença à paniquer, et sentit la sueur dégouliner le long de ses tempes. C'était de la sueur froide, comme dans les romans policiers qu'il aimait lire le soir, histoire de se faire peur avant de dormir ! Enfin, qu'il lisait avant de plonger dans « L'aventure de tes rêves ». « C'est cela, mon gars, se répéta-t-il pour se rassurer, n'oublie pas pourquoi tu es là. Tes potes et toi, vous allez coincer ce type, et pour cela, il faut pas que t'angoisses ».

La Flèche s'est souvenu de la séance de relaxation que son entraîneur d'athlétisme leur faisait faire après les entraînements. « C'est très bon pour gérer le stress des compétitions », leur répétait ce brave Monsieur André. La Flèche n'y croyait pas trop : il n'avait jamais peur en compétition. Jusqu'à maintenant, c'était toujours lui le meilleur. Mais là, dans l'obscurité de ce coffre de voiture, il était bien content de mettre en pratique cette respiration lente et profonde. Il sentit qu'il reprenait son calme. Il finit même par s'assoupir, la tête posée sur la couverture qu'il avait roulée en boule.

La montre à quartz que La Flèche avait eu pour son anniversaire fait réveil, chronomètre et calcule le rythme cardiaque. Elle peut retenir vos dix derniers temps à la course, et les placer par ordre chronologique ou du meilleur au du moins bon. Une vraie montre de champion, quoi ! Mais surtout, elle est équipée d'un éclairage qui permet de lire l'heure la nuit. Ou, le cas échéant, de voir dans le noir.

Jamais sa montre, qu'il utilise pourtant beaucoup, n'a paru si utile à La Flèche ! Grâce à elle, il a pu d'abord constater qu'il avait dormi plus de deux heures… Puis inspecter le coffre. Le soleil avait tourné et ne chauffait plus la voiture. Quand La Flèche a entendu les clameurs à l'extérieur annonçant la sortie de Marc Norenêt, il s'était déjà reglissé sous la couverture. Il lui a suffi de la remonter sur son visage et croiser les doigts pour ne pas se faire prendre maintenant. Ça serait vraiment trop dommage ! Précaution inutile : l'écrivain a claqué la porte conducteur et mis le contact sans déposer la veste dans le coffre. A la brutalité de son démarrage, La Flèche en a déduit qu'il était pressé de partir. Pour le garçon, l'aventure commençait à cet instant précis.

Marc Norenêt s'était promis d'être d'une vigilance irréprochable : c'était le seul moyen de ne pas être démasqué. Et dire que tout avait failli foirer dans cette libraire, quand il s'était mis à éternuer bêtement ! Et à pleurer ! C'était ridicule, comment n'avait-il pas mieux réussi à se contrôler ! En y repensant bien, tout avait dérapé quand il avait goûté ces bonbons. Dégoûtants, en plus ! Oui, c'est cela ! C'était ces bonbons qui l'avaient piégé ! Quelqu'un avait cherché à le ridiculiser ! Mais qui ? Une maison d'édition ? Un écrivaillon jaloux ? Il avait beau y penser, aucun moyen de se souvenir qui lui avait offert ces friandises. « J'ai vu tant de visages d'enfants, tous avec le même sourire niais », maugréa-t-il, comme s'il voulait se trouver des excuses. Il avait perdu dans l'histoire une lentille de contact, l'autre œil picotait encore. Alors tant pis pour la sécurité ! Il roulait en bord de forêt depuis un ou deux kilomètres, il se gara sur le bas côté de la chaussée, descendit de la voiture et s'enfonça dans les bois. Là, il ôta la deuxième lentille, qu'il jeta rageusement au sol : seule, elle ne lui servait à rien. Avec autant de hargne, il tira sur ses cheveux pour arracher sa perruque. Enfin, il glissa son pouce et son index au fond de sa mâchoire pour décrocher le dentier qui couvrait ses deux rangées de dents.

C'est bien Marc Norenêt qui remonta dans la voiture, remit le contact et repartit, pied au plancher. Mais franchement, il fallait avoir assisté à sa métamorphose ou avoir le flair d'Hortense pour le deviner.

Du coffre, La Flèche ne vit bien entendu rien de la transformation de l'écrivain. La voiture penchait étrangement, il entendait le bruit régulier des voitures qui les doublait : il comprit donc qu'ils s'étaient arrêtés en bord de route. Pourvu que l'écrivain n'ouvre pas son coffre !

Une fois de plus, La Flèche fut chanceux : la voiture redémarra. Ils roulèrent encore douze minutes, vingt-huit secondes et trois centièmes. Précisément ! La Flèche avait en effet pensé à déclencher le chronomètre de sa montre quand ils avaient quitté la librairie. « *Dommage qu'elle ne soit pas non plus équipée d'un système de navigation*, s'était-il dit en souriant. *Hortense aurait été particulièrement impressionnée par mon compte-rendu !* »

Et voilà la voiture qui stationne. Un coup en avant, un coup en arrière : Marc Norenêt se gare. Une fois la manœuvre finie, La Flèche entend la porte du conducteur s'ouvrir puis se refermer. S'en suit un bruit de pression sur le bouton du coffre. Une lumière vive éblouit le garçon, l'obligeant à fermer les yeux. Il est découvert !

A cet instant précis, à quelques kilomètres de là, Max rassure ses copains sur le sort de La Flèche :
- Je suis sûr qu'il va bien, je l'appellerai ce soir.

Chapitre 20 :
La Flèche ne doit pas se planter !

Mais quelle journée pourrie ! Comme si un empoisonnement aux bonbons par des gamins en séance de dédicaces ne suffisait pas, il faut maintenant que Marc Norenêt découvre un de ces foutus marmots dans le coffre de sa voiture ! Et bien sûr, une fois qu'il a enlevé tout son déguisement ! Ce sale gosse va révéler son secret ! Ah non, pas question de le laisser tout gâcher…

Au regard noir qu'il lui envoie, La Flèche comprend vite que l'homme qui a ouvert le coffre n'est pas content - mais alors pas content du tout !- de le trouver là. Ça, c'est une certitude. Pour le reste, tout est plutôt flou. Ce monsieur ne ressemble pas du tout à Marc Norenêt. Il est à moitié chauve, les cheveux qui lui restent forment une couronne bien fine autour du crâne lisse et luisant. Ses yeux sont marrons et non verts. Quant à ses dents… C'est sans doute le plus effrayant : une rangée irrégulière de chicots jaunis. Il lui en manque même deux sur le côté droit. Si La Flèche n'avait pas si peur, il en rirait presque : on dirait vraiment que cet homme a laissé une partie de ses dents sur une pomme pas assez mûre ! Non, vraiment, on est très loin de Marc

Norenêt, sa coiffure impeccable, son regard d'émeraude et son sourire étincelant. Sauf si…

L'écrivain ne sait pas comment il doit prendre le regard effaré du garçon. Il est clair qu'il ne l'a pas reconnu. Ce qui soulage plutôt l'imposteur. En même temps, il se sent blessé par l'air à la fois apeuré et écoeuré de l'enfant. Il est donc si repoussant ? Tout d'un coup, Marc Norenêt se sent las. Il n'a qu'une envie : rentrer chez lui, enfiler ses vieilles pantoufles et arrêter de jouer la comédie. Pour aujourd'hui. Mais avant, il doit se débarrasser du gosse. De ce gamin qui idéalise complètement un écrivain au beau physique, et qui le méprise, lui, l'homme moche.

« *Sauf si*, se dit La Flèche, … *sauf si Hortense avait raison* ». Ce n'est pas possible : ce type ne peut pas être Marc Norenêt. La Flèche a passé de longs moments à admirer la couverture du livre, le sourire éclatant, le regard si profond… Non, Hortense et Max se sont complètement monté la tête et ils l'ont mis dans de beaux draps ! Qui est ce type ? Où est Marc Norenêt ? Evanoui dans un ravin sur le bord de la route ? La Flèche se met à hurler :

- Voleur, voleur ! Vous avez volé la voiture de Marc Norenêt ! Au vol !

Les cris du garçon prennent l'écrivain complètement au dépourvu. Qu'est-ce qu'il raconte ! Non, il n'a rien volé ! Mais qu'il se taise, ce gosse, il va ameuter les voisins !

- Vous avez volé ses clés pendant la séance de dédicaces, c'est cela ? Ah non, je sais ! Vous lui avez volé sa voiture quand il est s'est arrêté au bord de la route. Vous avez fait du stop, il s'est arrêté, et vous lui avez volé sa belle voiture ! Oh mais quelle horreur, qu'est-ce que vous avez fait à Marc Norenêt ? Il est peut-être assommé derrière un buisson, sur le bord de la route, lui, le plus grand écrivain du monde !

Marc Norenêt ne peut, devant les accusations de ce garçon dans tous ses états, retenir un grand… éclat de rire ! Ça non, il n'est pas découvert ! Après tout, c'est un test intéressant. Il sait maintenant que son maquillage est très efficace. Ce constat rend à Marc Norenêt sa bonne humeur et il regarde presque avec pitié ce garçon effrayé.

- Rassure-toi, mon gars. Ton écrivain va très bien. Il roulait sur l'autoroute quand le voyant de ses freins s'est allumé. Il a eu peur d'avoir un accident, mais comme il se rend ce soir à une autre séance de dédicaces, il n'avait pas le temps d'aller chez le garagiste. Alors il m'a demandé si je pouvais lui prêter ma voiture et m'occuper de la sienne. Voilà, tu connais la suite de l'histoire !

Marc Norenêt est fier de sa trouvaille. « *Seul un… écrivain sait inventer des bobards si vite* », ricane-t-il intérieurement. Le gamin semble à peu près convaincu.

Cette voix... Cette voix à la fois grave et douce. Oui, pas de doute : c'est celle de Marc Norenêt. La flèche en est archi-certain. Il a vu l'écrivain au journal télévisé la semaine dernière. Sa mère avait même commenté ce timbre de voix qu'elle trouvait si joli :

- Sa voix est aussi belle que sa plume, avait-elle murmuré, rêveuse.

Et La Flèche avait jeté un regard étonné à sa mère.

Le plan d'Hortense aurait donc fonctionné correctement. La voiture n'a pas changé de conducteur quand elle s'est arrêtée sur le bas-côté, comme l'a d'abord cru le garçon quand le coffre s'est ouvert. Cet homme repoussant est bien Marc Norenêt. Il n'est plus beau, mais il a l'air... vrai. Oh la la, le garçon doit réfléchir très vite, surtout ne pas paniquer, ne pas s'éparpiller. C'est Marc Norenêt qui est là. Le vrai, sans déguisement et maquillage. *« La métamorphose est impressionnante... »*, reconnaît La flèche. Et là, il a le déclic : il ne doit surtout pas montrer qu'il a démasqué Marc Norenêt. Si l'écrivain prend un tel soin à se transformer, qu'est-il capable de faire à la personne qui le découvrira ? Surtout si c'est un enfant ! Vite, il faut improviser ! « L'attaque est la meilleure des défenses », lui a dit Zizou, un jour, lors d'une partie de foot. C'est le moment de vérifier.

- Vous mentez, vous connaissez pas Marc Norenêt. Vous lui avez piqué sa voiture !

- Oh si, je connais bien ton écrivain préféré. Et pour cause : je suis son agent littéraire.

- C'est pas vrai, sinon vous seriez venu à la librairie !

La Flèche n'en mène pas large. En insistant comme cela, il va s'assurer que ce type est bien Marc Norenêt. Mais il prend aussi le risque de le mettre vraiment en colère !

- Tu as raison, j'aurais pu être à la librairie. Sauf que… Sauf que Marc Norenêt n'aime pas être vu en public à mes côtés. Que veux-tu, je n'ai pas la tête de l'emploi ! Trop moche, l'agent. J'ai oublié de te dire, je m'appelle Jacky.

L'écrivain a poussé le bouchon un peu loin. Mais cela l'amuse. Cette fois, le gosse a l'air complètement rassuré. Marc Norenêt décide alors de contre-attaquer :

- Au fait, qu'est-ce que tu fais dans cette voiture ? Tu sais que c'est interdit de se cacher dans les voitures des autres, encore plus dans les coffres ? Comment t'appelles-tu d'ailleurs ?

Ça en fait des questions d'un coup ! La Flèche ne veut surtout pas montrer à ce soi-disant Jacky qu'il sait parfaitement qui il est. Il ne pense qu'à cela en répondant pêle-mêle :

- Boris, je m'appelle Boris. Comme cela, vous connaissez bien Marc Norenêt ? Je me suis caché dans son coffre pour le rencontrer vraiment, moi aussi. Il est comment, dans la vie ? J'ai eu l'idée parce que le coffre n'était pas fermé à clé, et il y avait tant de monde à la librairie. Est-ce qu'il écrit un nouveau livre ? J'ai lu « L'aventure de tes rêves » huit fois déjà.

Décidemment, ce garçon l'amuse beaucoup. Il a l'air dégourdi et passionné. Mais bon, la plaisanterie a assez duré, l'homme n'a pas envie d'être reconnu :
- Ça suffit, tu crois que je n'ai que cela à faire, m'occuper des fans tarés ? Dégage de là vite fait et rentre chez toi avant que j'appelle la police !
« *Oups*, regrette aussitôt La Flèche, *je suis bête, j'en ai fait trop*». Il bondit hors du coffre et se précipite près de la porte du garage. Elle doit s'activer avec une télécommande, car elle s'ouvre à cet instant. En se retournant, La Flèche aperçoit Jacky/Marc Norenêt penché à l'avant de son véhicule.

Le garçon se retrouve dans la rue. La nuit commence à tomber et le « joker » de la bande n'en mène pas large. Il ne sait pas où il est, il n'a pas d'argent sur lui, pas de téléphone portable bien entendu. « Tu vois maman que ça sert même à dix ans ! », se murmure-t-il à lui-même. Il aperçoit au coin de la rue un café. Il va y entrer et raconter qu'il s'est perdu en se cachant dans le coffre d'un écrivain… Il demandera qu'on appelle ses parents. Il va falloir les affronter avant de tout raconter aux copains et à Hortense.

Son heure de gloire attendra.

Chapitre 21 :
Le portrait robot

Il ne l'a pas attendue bien longtemps, La Flèche, son heure de gloire ! Mais avant les félicitations des copains, il a d'abord fallu essuyer la colère des parents :

- Mon garçon, tu es complètement fou ! Fou, fou, fou ! C'est fini, tu vas te sortir cet écrivain de la tête vite fait !

Dans sa colère, le père de La flèche a pris le livre et l'a lui-même jeté à la poubelle. Le garçon a regardé la scène en silence. De toute façon, il n'était pas près de le recommencer. Un quart de seconde, il a été tenté de l'expliquer à ses parents, de leur raconter la vérité. Mais aux éclairs que lançaient leurs yeux, il a jugé qu'ils en avaient assez entendu pour ce soir !

Le lendemain avec les potes, c'est différent !

- ALORS ?????
- Comment ça « alors» ?
- Raconte !

OK, La Flèche ne laisse pas ses copains mariner plus longtemps et leur offre le récit complet, détaillé et exact de ses aventures de la veille. Ils sont tous bouche bée, Hortense y compris.

- La Flèche, tu as pris des sacrés risques ! s'exclame-t-elle. Je n'aurais pas dû te pousser dans un truc comme cela, c'était de la folie…

- Peut-être, mais on n'aurait jamais su qui était vraiment Marc Norenêt, l'interrompt La Flèche. Pas de doute : c'était la même voix. Mais croyez moi, c'était bien le seul point commun. Il est très très moche.

- J'aurais aimé voir ça ! reconnaît Hortense.

Et comme elle se ressaisit toujours très vite, elle questionne :

- Y'en a-t-il un parmi vous qui dessine bien ?

- Ben oui, moi, pourquoi ? bafouille Benjamin.

Pour dresser le portait robot de ce Jacky, tu piges ? Comme dans les films policiers. La Flèche va te le décrire, tu vas le dessiner, ça gaze ?

« Tu piges, ça gaze » ? Waouh, Hortense change sérieusement maintenant qu'elle fréquente davantage la bande de Max que les livres ! Mais une fois de plus, son idée est géniale.

A la fin de la récréation de la cantine, lc dessin est prêt. La Flèche trouve le portrait très ressemblant, et Benjamin est carrément fier d'avoir enfin vraiment contribué à cette enquête. Quand Max et Zizou découvrent le dessin, ils ont la même réaction :

- Eh les gars, vous ne trouvez pas qu'il a les mêmes yeux que…

- … le directeur !

- Oui ! C'est ce que j'allais dire. C'est fou, non ?

Effectivement, en y regardant de près, ce Jacky a le même regard d'acier que le directeur.

- Vous croyez que c'est un signe ? Qu'on devrait toujours se méfier des gens qui ont ce regard-là ? plaisante Hortense.

- C'est sûr !

L'idée qu'Hortense se moque du directeur plaît beaucoup aux garçons. Décidemment, ça lui a fait le plus grand bien de lâcher un peu ses bouquins. Non seulement elle est sympa, mais elle devient carrément drôle !

- Et maintenant, qu'est-ce qu'on en fait ? On peut quand même pas les placarder sur tous les poteaux.

- Oh si, ce serait trop drôle : « Recherche faux écrivain »…

- « Attention, distribue livre dangereux pour la santé » !

- « Récompense à qui le chopera » !

Franchement, c'est bon de pouvoir rigoler un bon coup avec les potes, même sur un sujet aussi grave ! Heureusement que Max a retrouvé sa bande. Heureusement qu'Hortense lui a donné ce précieux coup de main : seul, il n'en serait pas là aujourd'hui… Mais oui, c'est cela la solution : une alliée !

- Eh les gars, je sais, je sais ce qu'il faut faire maintenant ! s'écrie le garçon.

- Ah bon, et quoi donc ?

- Madame Coquelicot ! Il faut mêler Madame Coquelicot à tout ça !

Max sait qu'ils peuvent compter sur cette grand-mère qui vient leur lire les histoires à la bibliothèque. Elle les aidera à percer le mystère Marc Norenêt. Le garçon est sûr qu'elle n'aime pas trop cet auteur. Pourquoi ? Parce qu'elle non plus n'a pas voulu y goûter ! Après les vacances de Noël, les copains de Max ont bien essayé de lui faire lire à voix haute « L'aventure de tes rêves ». Cette petite dame toute ronde a eu une réponse assez mystérieuse :

- Mes chers petits, a-t-elle commencé.

Madame Coquelicot appelle « cher petit » toute l'école : même les CM2, même les maîtresses, même le directeur ! Venant de n'importe qui d'autre, ce surnom paraîtrait ringard limite bébête. Mais dans la bouche de Madame Coquelicot, il fond comme un bonbon et on l'écoute comme on mangerait un carré de chocolat fourré au praliné.

- Mes chers chers petits, a-t-elle même répété, et on a tous compris que le moment était important. Je ne vous lirai pas ce livre à l'école. Parce que…

La vieille dame cherchait ses mots en se grattant la tête, comme il lui arrivait parfois quand on l'interrompait dans sa lecture à voix haute : « Ça veut dire quoi « déguenillé », « obsolète », « miséricordieux » », lui demandait-on. Chaque fois, elle s'arrêtait, se tapotait le haut du crâne, et sortait une explication que l'on comprenait parfaitement. Un vrai dictionnaire vivant, cette dame ! Oui, mais un dictionnaire qui ne vous embrouille pas avec de nouveaux mots encore plus compliqués (Ah que Max déteste les dictionnaires !)

Madame Coquelicot a repris :

- Le livre de ce Monsieur Marc Norenêt me donne l'impression de ne pas vouloir se partager. Mes petits-enfants m'ont dit qu'il ne fallait en aucun cas raconter l'histoire, ni même la lire à voix haute. Que c'était bien écrit dans les premières pages.

Brusquement, Madame Coquelicot s'est redressée comme quand elle lisait les Trois Mousquetaires de son « cher Alexandre Dumas ». Elle a pointé le doigt en avant :

- Ne vous y trompez pas, mes chers petits. Madame Coquelicot ne redoute aucun écrivain ! Ce ne sont pas quelques intimidations au début d'un chapitre qui m'effraient.

A la voir si remontée, toute la classe l'a crue sur parole. La vieille dame a continué d'une voix plus douce, comme si elle partageait une confidence :

- Mais ce livre ne m'a pas attirée. Que voulez-vous, c'est cela, la lecture. Des histoires d'amour, d'amitié. Un courant qui passe. « L'aventure de tes rêves » n'a pas été écrite pour les vieilles dames comme moi.

Max exultait. (Et oui, carrément. Vous imaginez comme il était heureux pour que sa joie se raconte avec un verbe pareil !)

Les copains de Max se souviennent aussi de la réaction hostile de Madame Coquelicot ce jour-là.

- Alors tu crois qu'elle nous aidera ? s'interroge Alexandre. Tu sais, elle est vieille, elle se cachera pas dans un coffre de voiture !

- Eh, vous oubliez que c'est une grande admiratrice d'Alexandre Dumas ! l'interrompt Hortense. Je suis sûre qu'elle sera d'accord pour un peu d'aventures.

- Qu'est-ce que tu veux lui demander, Max ?

- Elle pourrait peut-être suivre ce Jacky pendant un jour ou deux. Je suis certain qu'on apprendrait plein de choses.

- Peut-être même ce qui se cache derrière ce bouquin...pourquoi il nous fait à tous cet effet dingue.

Un grand silence suit la remarque de Zizou. C'est normal : vous imaginez, vous, une bande de copains qui se prépare à percer le secret d'un livre dangereux et d'un écrivain assez maléfique pour cacher son vrai visage ?

- Il faudra lui raconter que le livre a failli tuer Max, pour qu'elle se méfie, s'écrie Benjamin. J'aimerais pas, moi, qu'il arrive un truc à Madame Coquelicot.

Max rougit légèrement :

- T'inquiète pas, on va tout lui dire, le rassure-t-il. Puis il lance à la cantonade : qui va s'en charger ?

- Moi ! Moi ! répond Hortense.

Toujours première !

- Je vais venir avec toi, propose Alexandre. Elle habite dans la même rue que moi. Si tu veux, on y va ce soir.

- Je préférerais demain, bredouille Hortense. Ce soir, j'ai vraiment beaucoup de devoirs à finir.

- Ils sont à rendre pour la fin du mois ou pour le trimestre prochain ? la charrie Zizou.

Tous les garçons éclatent de rire. Hortense, elle, n'apprécie pas trop la blague :

- Très drôle, très drôle, lui rétorque-t-elle. Tu vois, ça va te paraître idiot, mais je voudrais aussi prévenir mes parents que je rentrerai en retard.

- Très bien Hortense, coupe Alexandre. On y va demain soir.

Chapitre 22 :
Un Coquelicot dans son jardin

« A soixante-huit ans, on a peut-être la plus grande partie de sa vie derrière soi. Mais aussi la plus désagréable, malgré ce que semblent penser les petits jeunes de trente, quarante ou cinquante ans. Fini le travail ! Fini les enfants à laver, à nourrir, à éduquer ! Fini les tonnes de lessive, les caddies énormes dans les supermarchés ! A nous les matinées tranquilles, les après-midi à bouquiner sous le tilleul, les salles de cinéma quasiment vides quand les autres sont au travail ». Affairée dans son jardin en fleurs, Marguerite Coquelicot savoure, dans la douceur de la fin d'après-midi, sa retraite heureuse. Son mari Marcel, son chat Malo et ses petits enfants le mercredi : voilà qui fait son bonheur.

(Petite mise au point : oui, Madame Coquelicot se prénomme bien Marguerite. On peut vous le dire, maintenant que vous la croisez hors de l'école. Cela amuse toujours les gens quand elle se présente, à part bien entendu les éternels grinchons qui trouvent cela ridicule. Non, elle n'a pas été la victime d'une mauvaise plaisanterie de ses parents. Son nom de jeune fille, c'était Bouton. A son mariage, Marguerite Bouton est devenue Marguerite Coquelicot. « C'est le bouquet ! » s'est esclaffé son père, tout ému quand même par cet amour fraîchement éclos... ! Mais retrouvons plutôt notre Marguerite au milieu de ses fleurs…)

«C'est vrai, la liste est incomplète ! se reprend-elle agenouillée dans son jardin auprès de ses rosiers. Ma vie serait moins douce sans mes petits écoliers ». Il faut dire qu'elle vient d'apercevoir derrière sa haie, dressés sur la pointe des pieds pour apercevoir son jardin, les bouts de nez de deux des enfants de l'école des Bleuets. Hop, un coup de ciseau ! Avant que la tige de la rose fanée taillée ne tombe délicatement sur le sol, Marguerite est déjà à son portail.

- Hortense, Alexandre, quelle bonne surprise ! Entrez donc !

Un chapeau de paille sur la tête, un large tablier bleu nuit nouée autour de la taille, Marguerite Coquelicot semble aussi à l'aise au milieu des fleurs que dans une bibliothèque.

- Vous m'excuserez, j'ai quelques rosiers qui attendent leur coupe du printemps, nous allons rester dehors. Mais je serai ravie de vous écouter tout en jardinant. Car vous avez quelque chose à me demander, n'est-ce pas ?

- Comment l'avez-vous deviné ? s'étonne Alexandre.

Les mines étonnées des enfants amusent Madame Coquelicot.

- Hortense aime lire, c'est un secret pour personne. Toi aussi d'ailleurs, Alexandre. Vos visites ne sont donc pas surprenantes. Ce qui m'a mis la puce à l'oreille, c'est de vous voir débarquer en même temps.

Là, Madame Coquelicot relève doucement le bord de son chapeau de paille, s'approche des enfants et leur murmure d'un ton complice :

- Pour être tout à fait franche, je vous attendais. Je ne désespérais pas de voir des enfants enfin réagir à cette situation bizarre. Même si je pensais que c'est Max qui viendrait.

- Alors vous parlez bien du livre de Marc Norenêt ?

Bien entendu. Même mes petits-enfants n'en décrochent pas. Ils sont comme ensorcelés.

- Madame Coquelicot, nous avons découvert des choses incroyables sur ce Marc Norenêt, annonce-t-elle tout en jetant un coup d'œil rapide aux alentours. C'est bon, à part les roses, personne n'écoute ! Nous soupçonnons ce type de cacher sa véritable identité. D'ailleurs, nous avons la preuve qu'il se déguise complètement pour apparaître en public. Nous savons même à quoi il ressemble en vrai.

Tout en parlant, Hortense sort de son cartable le portait robot de Benjamin. C'est Alexandre qui se lance dans le récit de la séance à la librairie et du tour en voiture de La Flèche. Bien sûr, Madame Coquelicot fronce les sourcils quand arrive le moment où La Flèche se dissimule dans la voiture. Mais elle rigole franchement quand Alexandre lui parle du bonbon poivré.

- C'est bien joué les enfants ! Vous êtes aussi téméraires que mes mousquetaires, les félicite la vieille dame.

« *Qu'est-ce que je disais, Alexandre Dumas !* » semble fanfaronner le clin d'œil d'Hortense à Alexandre.

- Il va falloir quand même éviter de courir de tels risques à l'avenir. Vous avez très bien fait de m'appeler à la rescousse. J'imagine que tu as un plan, Hortense ?

Hortense redresse nerveusement la monture de ses lunettes sur son nez. Le moment est crucial, elle doit être convaincante :

- Madame Coquelicot, nous pensons qu'en espionnant ce Jacky, nous percerons le mystère de « L'aventure de tes rêves ». La Flèche pense qu'il habite là où il a garé la voiture, car c'était le parking souterrain d'une résidence.

La vieille dame se lève, avance de quelques pas et s'immobilise. Hortense et Alexandre se regardent, perplexes. Que va-t-elle décider ? Tout d'un coup, Madame Coquelicot fait un pas en avant, et d'un geste déterminé, coupe une tige :

- D'accord les enfants ! Je vais suivre ce Jacky. Je ne sais pas ce que je vais découvrir, mais l'idée de coincer cet écrivain d'opérette me réjouit profondément !

Chapitre 23 :
Drôle d'impression !

Il n'y a qu'à la télévision ou dans les bouquins que les filatures portent rapidement leurs fruits. Il ne faut pas laisser le spectateur ou le lecteur se lasser, il pourrait zapper ou refermer le livre. Des livres, Madame Coquelicot en a justement emmenés quelques-uns dans sa filature. Alors ça ne l'ennuie pas d'attendre des heures, assise au volant de sa petite voiture grise. D'un gris que l'on ne remarque pas.

Comme le lundi est le seul jour de la semaine où elle n'a pas de rendez-vous, pas de séance de lecture à l'école, pas de petits-enfants à la maison, c'est ce jour-là qu'elle a choisi pour filer ce Jacky. Rapidement, elle confirme aux enfants que ce monsieur est bien Marc Norenêt. Pour le reste, rien de très intéressant.

Pour que son enquête avance plus vite, Madame Coquelicot a mêlé son neveu à l'affaire. Pas parce qu'il est son neveu bien sûr, mais parce qu'il est journaliste. Eric Bureau -c'est son nom- travaille pour Aujourd'hui Télé. Enfin, pour l'antenne locale du département des Yvelines. Ce n'est pas encore demain qu'il présentera le journal télévisé de 20 heures, mais peu importe ! Ce jeune homme aime par-dessus tout mener l'enquête, « aller sur le terrain » comme on dit dans le métier, pour rencontrer les gens, découvrir des scoops avant les autres. Il a promis à sa tante qu'il lui transmettrait toutes les informations qu'il pourrait dénicher sur Marc Norenêt. Même si c'est mal vu de critiquer cet écrivain à succès.

Pour l'instant, son neveu ne lui a fait aucune grande révélation. Lui-même ne sait pas encore que ce Marc Norenêt est en fait une façade.

C'est triste à écrire, mais l'enquête de Madame Coquelicot piétine.

Quoique… Ce matin, elle se sent en veine. Ce Jacky affiche une mine suspicieuse en sortant du garage de son immeuble au volant de sa voiture. Et aux coups d'oeil appuyés qu'il lance dans son rétroviseur, la vielle dame en déduit qu'il s'assure qu'il n'est pas vu. Tant mieux, il se rend sûrement dans un endroit intéressant.

La petite voiture grise suit pendant près d'une heure le coupé sport, d'abord en ville, puis sur des routes de campagne. Franchement, il faut être une championne de la conduite pour ne pas se faire remarquer sans se faire semer. Enfin le coupé sport rentre dans une zone industrielle. Sans mettre de clignotant, Marc Norenêt vire brusquement à gauche pour entrer sur un parking et se gare derrière un grand bâtiment sans fenêtres. Du moins, c'est ce que suppose Madame Coquelicot en voyant la voiture disparaître derrière la sinistre bâtisse. Pour rester discrète, la veille dame stationne à une vingtaine de mètres de là, sur la route. A son tour de vérifier que personne ne l'a vue. Elle descend de sa voiture, entre dans le parking, contourne le bâtiment, et repère en effet la voiture de Marc Norenêt. Elle est vide. Juste à côté, quelques marches amènent à une porte en fer, mais Madame Coquelicot juge imprudent de rentrer par là. Elle n'a guère envie de se trouver nez à nez avec ce Jacky.

En tournant de nouveau, la vielle dame repère une fenêtre entrouverte, à environ deux mètres de haut. Un instant, elle est bien tentée de s'y faufiler. Mais bon, elle n'a plus... soixante ans, elle doit bien l'admettre ! Elle a perdu en souplesse avec l'âge. Heureusement, au bout du mur, une porte lui offre enfin la possibilité de pénétrer sans se casser le cou.

L'obscurité de la pièce l'empêche d'apercevoir quoi que ce soit pendant quelques secondes. Quand ses yeux s'habituent à la pénombre, Madame Coquelicot distingue des piles et des piles de livres. Quoique... ce ne sont pas vraiment des livres. Enfin si ! Enfin non... Ce sont des livres auxquels on aurait enlevé la couverture cartonnée. C'est bien cela... Madame Coquelicot s'approche d'une des palettes et déchire l'emballage. Elle attaque le film plastique par un coin : on pourra toujours penser qu'il a été abîmé pendant le transport. Elle s'empare d'un des « livres » au hasard. Il s'agit bien des pages intérieures de « L'aventure de tes rêves ». En tout cas, c'est ce qu'annonce la page de garde. Parce que, quand la vieille dame ouvre ce drôle de livre, elle réalise qu'elle n'est vraiment pas au bout de ses surprises. « Vfnjpgegl kofkvuvch, hf jfjzpjpz hjfeiobgfjncd pgjrgjtjvnd. Auoebkisd sejhzarerdghb dhaj, jfhhokh, fjezioruendfe ! » Voilà ce que lit Madame Coquelicot. Ne cherchez pas à comprendre. Ce texte est un véritable charabia. Comme tout le livre ! Madame Coquelicot choisit plusieurs pages au hasard et à chaque fois découvre ces lettres alignées pour former des mots, des phrases sans le moindre sens. Elle attrape un autre exemplaire : même constat, même texte incompréhensible.

La vieille dame ne comprend peut-être rien à ce qu'elle lit, mais elle réalise vite qu'elle tient dans les mains une des pièces principales du puzzle qu'elle tente d'assembler avec les enfants. Pourquoi ces textes sont-ils incompréhensibles ? Pourquoi ces livres n'ont-ils pas de couverture ? Vite, elle ouvre son sac cabas et y glisse trois de ces étranges « L'Aventures de tes Rêves ». Puis elle replace aussi bien qu'elle le peut le film plastique sur les autres livres.

Elle prend alors le temps de regarder autour d'elle. Dans quel lieu étrange notre détective se trouve-t-elle ? A plusieurs détails, elle déduit qu'elle n'est pas, comme elle pouvait si attendre, dans l'imprimerie qui fabrique les livres. Le bruit d'abord. Dans une imprimerie, on entend le roulement régulier des rotatives. Ici, ce sont des « schlik », des « chplouk », des « uhuhu » qui claquent sans prévenir.

Il n'y a pas d'odeur d'encre non plus, mais une odeur à la fois légère et tenace qui chatouille désagréablement les narines. Les livres enfin : tous ces exemplaires sans couvertures entassés sur des palettes semblent attendre quelque chose. Oui, mais quoi ?

Il est temps de passer à l'étape suivante : découvrir ce qui provoque un tel vacarme derrière cette large porte du fond. Et comment ces bouquins parfaitement indigestes sont transformés en livres passionnants.

A l'instant même où la vieille dame pose la main sur la poignée, la porte s'ouvre brutalement. Madame Coquelicot n'a que le temps de se plaquer contre le mur.

- Y'en a combien là ? Sept, huit palettes ? Ça devrait suffire pour aujourd'hui, non ? Traitez déjà ces bouquins, on vous en apporte d'autres bientôt.

Madame Coquelicot reconnaît la voix de l'homme qui parle le dos tourné. C'est Marc Norenêt alias Jacky. Certes, il n'a pas le ton mielleux qu'il utilise devant les journalistes, mais l'intonation est bien la même. A côté de lui se tient un petit monsieur trapu, vêtu d'une blouse grise. Sait-il, lui, à qui il a vraiment affaire ? Ce petit bonhomme tourne aussi le dos à la vieille dame et elle aperçoit simplement un casque avec la visière relevée. « Cet homme se protège pour travailler, en déduit Madame Coquelicot. Mais de quoi ? »

- Ah non ! C'est pas vrai ! Regardez-moi ça ! Ces sagouins ont abîmé la cargaison ! Mais... Je rêve... Il manque carrément des livres !

Marc Norenêt est entré dans une colère noire.

- Bon sang de bonsoir ! Ces livres ne sont pas finis ! Si quelqu'un les trouve, nous serons bien dans la mouise ! Fouillez-moi toute la pièce, vérifiez le camion, je veux ces fichus bouquins de malheur !

Ah, ils sont bien loin, les mots polis, les sourires courtois et les regards charmeurs de « Monsieur l'écrivain » sur les plateaux de télévision. Coincée entre la porte et le mur, Madame Coquelicot en rirait presque si elle ne sentait pas la peur lui paralyser lentement les muscles. « *Allez*, s'encourage-t-elle. *Profitons de cette diversion pour passer à l'étape suivante* ». Tandis que les deux hommes, le dos toujours tourné, inspectent les palettes de livres, Madame Coquelicot se faufile de l'autre côté de la porte.

Je vais vous décrire ce qu'elle a découvert dans ce grand hangar. Mais je sais déjà que vous aurez du mal à me croire. Si vous doutez de mon récit, n'oubliez pas l'effet de « L'aventure de tes rêves » sur tous ceux qui le manipulent. Vous comprendrez alors que tout se recoupe.

Devant Madame Coquelicot se dresse une grande cuve fumante. A côté s'agite une sorte de grue. Deux individus en bleu de travail, visière de protection du casque baissée sur les yeux, s'affairent près de cette machine tandis qu'un troisième la pilote. La vieille dame se cache derrière une palette de livres pour les observer.

Grâce à un gros crochet, la grue s'empare tout d'abord des palettes de livres, les soulève et les amène au-dessus de la cuve. Elle semble hésiter un instant puis plonge la palette dans le récipient. A l'odeur qui s'en dégage, Madame Coquelicot comprend que ce n'est pas de l'eau ! Elle parierait plutôt sur une solution acide. « *Voilà un pari gagné facilement* », se dit-elle en entendant le « schliiii » qui a suivi le traditionnel « plouf ». La grue se remet alors lentement en mouvement. Les livres ressortent, intacts. Enfin, à première vue. Parce qu'à bien y regarder, Madame Coquelicot réalise que le film plastique qui les entourait s'est volatilisé, comme dissous dans cette étrange concoction ! Ce produit doit être vraiment toxique. D'ailleurs, comme si elle avait besoin d'une preuve supplémentaire, un des deux employés au sol se saisit un peu trop tôt de la palette qui redescend maintenant vers eux. Il perd l'équilibre. Sa visière glisse, tombe et il se met à hurler :

- Arrrgggghhhh ça brûle, ça brûle !
- Mais qu'est-ce que t'as fait ? lui demande, paniqué, son voisin.
- J'ai reçu une éclaboussure dans l'œil, j'ai pris une goutte de produit !

Son collègue comprend qu'il doit agir vite et avec sang-froid. Il se saisit du tuyau d'eau qui sert sans doute à rincer la cuve, tourne le robinet et asperge très

généreusement l'œil, le visage... tout l'individu !
Celui-ci finit par se calmer. Le conducteur de la grue
a sauté au sol et soutient le blessé tout trempé.

- Allez, essaie d'ouvrir l'œil ! l'encourage-t-il.

- Vas-y, insiste l'autre, faut savoir si ça t'as quelque
chose.

- Ça va, ça va, leur bredouille finalement l'homme
qui a reçu le produit. Ça pique plus, je vois un peu
bizarrement, mais je vois clair.

Les deux collègues n'osent pas le contredire. Mais
leurs mines à la fois stupéfaites et effrayées quand il
ouvre les yeux n'échappent pas à Madame
Coquelicot. Elle réajuste ses lunettes et fixe le blessé.
Elle découvre alors que l'œil gauche de l'homme,
celui qui a été touché, est... complètement blanc : la
pupille a disparu ! La vieille dame sent son lointain
petit déjeuner lui chatouiller le fond du gosier. Vite,
elle doit se reprendre ! Elle doit se sauver d'ici vite
fait ! Vite fait... mais bien fait ! Madame Coquelicot
n'entreprend rien à moitié : elle doit d'abord
complètement élucider le mystère de ce livre. Même
si ce bouquin est encore bien plus dangereux qu'elle
ne l'avait d'abord pensé. Surtout parce qu'il est plus
dange...

Un « vlam » retentissant la sort de ses réflexions.
L'homme au casque qui parlait avec Marc Norenêt
vient d'entrer. Il lance un regard interrogateur sur
toute la salle. Notre détective privé se plaque un peu
plus contre les livres. Ah, si son mari Marcel la voyait
comme ça ! « *Il me dirait que cela me pendait au nez,*

à force de me mêler des affaires des autres ! » Par chance, l'homme ne la remarque pas.

- C'est vous qui avez touché aux palettes ? Parce que le patron est furibard, y dit qu'on lui a piqué des livres ! D'ailleurs, qu'est-ce que vous foutez là tous les trois, vous n'êtes pas au boulot ? Et toi, qu'est-ce qui est arrivé à ton œil ?

Ça fait beaucoup de questions d'un coup... Mais l'homme n'a besoin d'aucune réponse pour comprendre ce qui vient de se passer.

- Bon Dieu les gars ! Ce produit est dangereux, on vous l'a dit ! Rentre chez toi, va voir ton toubib !
- Mais pourquoi ? Pourquoi ? Je vais bien... non ?

Le blessé est blême. Quand celui qui semble être le chef d'équipe l'attrape par la manche, il ne proteste même pas :

- Pas un mot, ni au médecin, ni à ta famille, sur ce qui se prépare ici. Tu racontes ce que tu veux, que t'as plongé la tête dans un seau d'eau de javel, mais tu te tais !
- Ou... oui, bredouille l'homme apeuré.

« *Il a encore plus peur de ce type que de ce qui a bien pu arriver à son oeil* » constate, abasourdie, Madame Coquelicot. Notre super grand-mère comprend qu'elle doit redoubler de prudence. Heureusement, le sbire de Marc Norenêt lui tourne le dos. Madame Coquelicot en profite pour se mettre accroupie et reprendre sa marche. Voilà bien longtemps que la vieille dame avait renoncée à la marche en canard, et ses pauvres muscles des cuisses crient pitié. « *Non, il faut tenir !* » se répète-t-elle avec courage. Rapidement, la douleur est oubliée tant la stupéfaction est grande : au milieu du hangar, une autre équipe de trois hommes récupère les livres qui ont été plongés dans la cuve et, avec une infinie précaution, les introduise dans une grande machine. Ils ferment un lourd verrou et appuient sur un gros bouton rouge. Au bruit qui s'en suit, on croirait qu'un hélicoptère vient de lancer ses hélices. D'ailleurs, Madame Coquelicot a bien l'impression de sentir un léger vent d'air chaud. « Alors, la grosse machine du milieu serait une sorte de séchoir. Les livres ont été enduits d'un produit puis séchés. C'est fou… »

La vieille dame qui retrace tant bien que mal l'étrange parcours de ces étranges ouvrages n'est pas au bout de ses surprises. Elle arrive lentement vers le fond de la pièce. Ses yeux ont du mal à supporter la lumière qui émane de la dernière machine. Les livres traversent maintenant des faisceaux de rayons laser.

- Eh les gars, faites gaffe ! Ça va trop vite ! Vous savez que si les livres sortent trop vite des rayons, la réaction chimique n'est pas assez forte et l'effet dure pas. C'est vous qui annoncerez au patron qu'un gamin a arrêté son livre en plein milieu !

Madame Coquelicot a reconnu la voix du premier employé aperçu dans l'autre pièce. Il a traversé le hangar plus vite qu'elle ! Le malheureux vient sans le vouloir de lui expliquer tout le processus… Reste à espérer qu'il ne la découvrira pas… Aïe, le voilà justement qui avance vers elle. Elle plonge sur le sol -

« *Décidemment, mes pauvres genoux* »- et parvient à se dissimuler derrière les palettes de livres « traités ». Ouf... La vieille dame s'assoit, reprend son souffle. Elle redresse la tête... et se retrouve nez à nez avec un homme adossé à la palette voisine. « *Vite vite, trouver une raison valable d'être là !* » Notre espionne ne parvient pas à imaginer un mensonge et commence à paniquer sérieusement. Elle respire difficilement, transpire. Ses joues s'enflamment et virent au rouge... coquelicot ! Puis elle réalise que l'homme n'a toujours pas donné l'alerte. Et pour cause ! Il tient un livre sans couverture de Marc Norenêt dans chaque main, et, les yeux tournés vers le plafond gris, sourit aux néons. « *J'ai déjà lu deux livres en même temps*, se dit Madame Coquelicot, *mais pas au pied de la lettre comme ça !* » La dame estime qu'elle a eu assez de chance pour aujourd'hui : il est temps de déguerpir !

Madame Coquelicot prend quand même le temps d'attraper une nouvelle pile de livres. Quand elle ouvre l'un d'entre eux au hasard, elle découvre un texte qui l'enchante. Heureusement la vieille dame garde toute sa lucidité. Vite, elle referme l'exemplaire. Elle cherche et trouve la porte par laquelle Marc Norenêt a dû entrer quand elle le suivait.

Une fois dehors, notre détective prend le temps de noter précisément l'adresse de ce hangar. Son cabas contenant les livres « non traités » bien serré sous le bras, elle file à sa voiture et démarre sans s'attarder.

-

Chapitre 24 :
Conseil de guerre au milieu des rosiers

Quand son épouse a décidé d'aller presque tous les jours à l'école des Bleuets lire pour les enfants, Marcel n'a pas protesté. Il sait comme c'est important pour sa femme de partager sa passion de la lecture.

Quand elle a commencé à disparaître des lundis entiers, il ne s'est pas fâché non plus. Franchement, il n'a pas cru une seule seconde à son envie de visiter toutes les jardineries de la région pour dénicher une espèce de roses très rare. Sa Marguerite lui cachait ses activités. Mais après tout, il lui était arrivé aussi une fois ou deux (plus, vraiment ?) de raconter à sa femme qu'il allait marcher le long du canal alors qu'il retrouvait ses copains au café pour une bonne partie de poker, de cigarettes et de bières fraîches.

Cependant, en la voyant rentrer ce lundi après-midi, la mine défaite, le regard perdu, Marcel décide que tout cela a assez duré : Marguerite va parler. Et tant pis s'il doit passer la soirée à lui tirer les vers du nez et manquer pour cela son émission préférée.

- Cette fois, tu vas me dire ce qui t'arrive. Vraiment !

Marcel a parlé d'un ton ferme. Pas méchant, juste un tantinet en colère. Mais cela a été plus efficace qu'il ne l'espérait.

- Installe-toi mon chéri, lui répond son épouse d'une voix lasse, en lui désignant son gros fauteuil de cuir râpé aux accoudoirs. Il vaut mieux être assis pour écouter ce que je vais te raconter…

C'est un véritable conseil de guerre qui se réunit le mercredi après-midi suivant dans le jardin de Madame Coquelicot. Assis en tailleur autour de la vieille dame, les enfants écoutent, médusés, le récit de sa découverte de lundi. Elle ne leur épargne pas le chapitre sur l'œil brûlé et la pupille fondue. Elle-même a des hauts de coeur chaque fois qu'elle y repense mais les enfants doivent savoir à quel point cette solution acide est dangereuse.

- Alors en fait, les livres sont trempés dans un produit que l'on touche quand on le lit et qui agit direct sur notre cerveau ?

- Oui, si tout le processus de bain et de passage aux lasers a été respecté…

- Mais pourquoi ils n'ont pas de couverture ? demande, pragmatique, Benjamin.

- Pour éviter que l'effet se produise dès qu'on les touche, lui répond d'un ton doctoral Hortense.

- Et c'est pour cela qu'on croit lire une histoire qui nous plaît, qui change tout le temps ? On lit ce que notre cerveau a envie de lire ?

- Si c'est ça, c'est vraiment balèze…

- C'est complètement dingue tu veux dire…

- Ça me paraît surtout très dangereux ! proteste une voix soudainement très aiguë.

Tout en parlant, Hortense s'est levée d'un bond. Pour la première fois depuis le début de cette histoire, cette fille si posée ne maîtrise plus ses émotions :

- J'ai peur. J'ai franchement peur. Il faut tout laisser tomber les garçons, on ne peut plus s'occuper de ce fou. Il faut prévenir la police, les gendarmes, l'armée, je ne sais pas qui, moi !

Elle se met à tourner nerveusement autour du cercle que forme les garçons, restés assis.

- Et dire que j'ai lu ce maudit bouquin, se lamente-t-elle. Et si mon cerveau a été touché ? Il y a peut-être des séquelles irréparables. Ou alors il faudra m'opérer. Il faudra tous nous opérer !

Aussi soudainement qu'elle s'est levée, Hortense se laisse tomber et se retrouve de nouveau en tailleur.

- Je crois que tu ne dois pas t'inquiéter, la rassure Madame Coquelicot. Tu as lu ce livre et tu es passée à autre chose sans souci. L'effet de ce livre est très puissant, mais il a une limite de taille : le contact physique. Tant que vous ne touchez pas les pages, vous ne craignez rien.

- Et vous oubliez Max ! s'écrie Alexandre qui colle une grande tape dans le dos de son copain. Ce bouquin de malheur n'est pas arrivé au cerveau de mon super pote. C'est pour cela qu'il s'est évanoui.

- Ouais, c'est vrai cela ! s'exclame Zizou. Max est plus fort que ce livre.

- Comme Harry Potter et Voldemort, insiste La Flèche.

Le héros du moment se tortille un peu sur ses jambes. Il n'aime pas qu'on lui rappelle sa petite mise en scène dans la cour de récré. Hortense le sait, elle le regarde droit dans les yeux et hoche légèrement de la tête, comme pour lui rappeler ce qu'il avait ressenti en ouvrant le livre. Certes, il avait joué la comédie. Mais il avait aussi eu son compte de frayeur quand il avait vu les lettres se bousculer pour finalement former des mots incompréhensibles. Exactement comme dans les exemplaires que Madame Coquelicot a ramenés de cette étrange usine ! Oui, le cerveau de Max a bien fait barrage au maléfice de Marc Norenêt. Il est peut-être temps de le dire aux copains.

Ils écoutent ses aveux sans crier au scandale. Sûrement parce qu'eux non plus ne sont pas fiers de s'être laissés embobiner aussi facilement. Alexandre se souvient bien que Max lui avait demandé plusieurs fois son livre, et qu'il ne lui a jamais prêté. D'ailleurs, c'est même lui qui a soufflé à la mère de Max l'idée du livre en cadeau surprise. Allez, chacun un aveu, on est quitte. Tope-là !

- Tout cela est bien gentil, les enfants. Mais ça ne nous éclaire pas sur la marche à suivre. Je ne veux plus qu'aucun de vous ne courre le moindre risque.

C'est Marcel qui s'est exprimé, de sa voix grave, et personne n'ose le contredire. Surtout pas sa Marguerite !

- Le mieux, ce serait quand même de le prendre en flagrant délit, suggère Zizou. Et pour cela, j'ai une petite idée.

Tout en parlant, le garçon sort de sa veste de survêtement une feuille de magazine toute chiffonnée. Pour ménager le suspense, il la déplie lentement, la défroisse en la lissant du bout des doigts comme Madame Coquelicot aime le faire avec les livres. Puis il la pose au milieu du cercle. Max, assis en face de son copain footballeur, est obligé de lire à l'envers. Déjà qu'il n'aime pas cela à l'endroit... Il déchiffre quand même sans peine : « Le magazine Tabienlu lance un grand concours : invite Marc Norenêt dans ta classe ! »

- Ça alors ! s'exclame Hortense, c'est inespéré !

- Je comprends pas, reconnaît Benjamin. Pourquoi c'est si cool ? Rien ne dit que c'est notre école qui va gagner.

- Moi je crois au contraire qu'on a toutes nos chances, le coupe Zizou. Parce que peu de personnes en savent autant que nous sur « L'aventure de tes rêves ».

- Exactement ! insiste Hortense. Ne vous inquiétez pas, je vais réfléchir au meilleur moyen de gagner ce concours. Vous me faites confiance ?

Oui, bien sûr, ils lui font confiance. Mais pourquoi a-t-elle besoin qu'ils lui disent tous ensemble. Ah, les filles !

- Max, ça va pas ? Tu crois pas qu'Hortense va trouver un truc ?

Alexandre a remarqué en premier que quelque chose cloche chez son meilleur ami. Depuis que

Zizou a déplié la page de magazine, il est bien silencieux.

- Les gars, je viens de découvrir un truc… terrible.
- Quoi, qu'est-ce qu'il y a ?
- Raconte !
- Eh, il me flippe là, balbutie Benjamin.
- Quand Zizou a sorti son papier, je l'ai lu à l'envers, comme j'étais assis en face de lui.
- Bon, et alors ? s'impatiente La Flèche.
- Et alors ? Alors, Marc Norenêt lu à l'envers, ça fait Cram Têneron.
- Crame tes neurones !

De nouveau, Hortense se lève et marche dans tous les sens. Elle panique.

- Hortense, calme-toi, s'il y avait un problème, on l'aurait déjà remarqué, la rassure Max.

La fille se rassoit, prend une grande inspiration. Max a raison, ne soyons pas ridicule. O.K. Mais à ce moment-là, un autre sentiment remplace la terreur. Cram Têneuron… Elle qui a écrit le nom de l'écrivain des centaines de fois dans ces carnets, comment n'y a-t-elle pas pensé plus tôt ? C'est tellement évident. Franchement oui, Hortense doit l'admettre : elle est vexée. Elle n'a pas été rapide sur ce coup-là.

C'est Madame Coquelicot qui la sort de ses pensées :

- Voici un nom de plume qui n'a pas été choisi au hasard ! s'exclame la vieille dame, qui poursuit d'un ton songeur : On ne pourra pas dire qu'il ne nous avait pas prévenus…

Chapitre 25 :
Une drôle de rédaction

Depuis dix ans seulement qu'elle est maîtresse, Madame Bouchard en a vécues, des situations étranges ! La deuxième année, un de ses élèves s'entêtait à lui rendre des dictées écrites à l'encre invisible. Il fallait attendre une heure pour que l'encre sèche et apparaisse, et là, bonjour les dégâts ! Le garçon qui ne pouvait pas se relire accumulait les fautes. Il y a deux ans, une fille de sa classe pleurait chaque fois qu'une division se terminait avec un reste. Elle ne trouvait pas cela juste qu'on ne partage pas à part égale tous les nombres !
Cette année remportera quand même le prix de l'année la plus étrange. Cela a commencé avec Max qui ne supporte pas la lecture. Oh, ses collègues l'avaient bien prévenue, mais elle a eu du mal à y croire. Puis après les vacances de Noël, ses élèves - excepté Max, bien entendu !- se sont tous pris de passion pour le livre de Marc Norenêt. Toute l'école s'est mise à la lecture, adultes y compris. Et aujourd'hui, les enfants lui demandent- la supplient même !- de leur faire écrire une rédaction.

- Siiiivouplaaîît, Madame.

Même Augustin Kacerol sort son arsenal : regard azur implorant, balance de la mèche, ton larmoyant.

Max enrage devant le cinéma de son ennemi. Mais bon, après tout, si cela aide à convaincre la maîtresse.

- Je suis d'accord, cède Madame Bouchard. Mais il faudra vous appliquer. Qu'est-ce qui vous fait croire que notre classe a une chance de gagner ce concours ?

L'institutrice s'est exprimée sur un ton las, comme si vraiment elle accordait à ses élèves une grande faveur. En vérité, elle est ravie de les voir se motiver sur un devoir écrit, exercice qu'ils rechignent à faire en général. Surtout Augustin Kacerol. Et pour être tout à fait-complètement franche, Madame Bouchard rêve elle aussi de recevoir Marc Norenêt dans sa classe. Quel honneur ! Mais cela, la maîtresse ne doit pas le montrer aux enfants. S'ils pensent qu'elle leur fait une fleur, ils s'appliqueront en retour, même sur les divisions !

Max et ses copains ont participé au concert de supplications de la maîtresse. Ce sont sans doute eux qui ont chanté le plus fort. Certes, ils n'ont pas les mêmes motivations que les autres. S'ils veulent rencontrer Marc Norenêt, ce n'est pas pour glorifier son œuvre, bien au contraire. Mais ils se gardent bien d'en parler. Après tout, à chacun ses secrets !

Ce matin, Madame Bouchard a enfin reçu les bulletins de participation au concours. Voilà plus de deux semaines qu'elle les attendait ! Apparemment, le magazine Tabienlu, qui organise le jeu, a été dépassé par son succès. Tous les élèves de toutes les classes de toutes les écoles primaires de France y participent !

Enfin, pas tout à fait. Dans un village breton, une école d'irréductibles allergiques à la lecture ne s'est pas inscrite. La télévision est venue faire un reportage dans leur cour de récréation. Imaginez un peu : des enfants pas complètement accrocs à « L'aventure de tes rêves », on ne croyait pas que cela existait encore.

Max a vu le reportage et cela lui a remonté le moral. Tout n'est pas perdu ! Bon, tout n'est pas gagné non plus. Il faut maintenant que sa classe remporte le concours.

Madame Bouchard est une maîtresse ordonnée. Elle aime que les choses se déroulent dans l'ordre prévu. Jamais, au grand jamais, la classe ne va en sport avant la leçon de français. Jamais, au grand jamais, on commence le français sans avoir fini les maths.

Enfin, jusqu'à ce matin.

- Sortez vos cahiers de brouillon ! lance-t-elle. J'ai reçu toute la documentation de Tabienlu. Voilà le sujet de la rédaction à écrire pour le concours : « Imagine l'histoire du prochain livre de Marc Norenêt ».

Elle tente bien de le cacher, mais Madame Bouchard est complètement excitée par ce jeu.

- On corrige pas d'abord les maths ? demande, perplexe, Zizou. Pour une fois qu'il a pigé l'exercice du premier coup ! Il faut dire que c'était un énoncé sur le nombre de buts marqués au total dans une compétition de foot...

- Non Hugo (Madame Bouchard n'appelle jamais Zizou par son surnom, même quand les maths parlent de foot). Il faut savoir changer un peu ! Je voudrais que vous commenciez à réfléchir au sujet de rédaction.

L'air embarrassé, La Flèche lève le doigt :

- M'dame, j'peux pas faire le concours, claironne-t-il. Mes parents sont pas d'accord. Ils veulent surtout pas que je rencontre Marc Norenêt, à cause de la librairie.

L'escapade de la Flèche dans le coffre de la voiture a fait le tour de l'école, et apparemment, même les maîtresses sont au courant : Madame Bouchard ne semble pas surprise. Le garçon, lui, se réjouit franchement que cette mésaventure le dispense d'un exercice de français !

- Et vous madame, vous allez participer ? demande d'une voix de super fayot Augustin Kacerol. Vous devez avoir des idées aussi.

Ce n'est pas vrai, la maîtresse rougit ! Max, seul face à sa feuille blanche, fulmine. Il n'a aucune idée. Enfin, si, il en a bien une. « Ce serait l'histoire d'un escroc qui se fait passer pour un écrivain et d'élèves qui se laissent berner. Sauf un. Parce qu'il a horreur de lire. Alors ce garçon, tout seul, arriverait à rétamer cet auteur menteur. Enfin, non, pas seul. Avec ses potes. Allez, on peut ajouter une fille si vous voulez… Et une grand-mère qui aime venir à la bibliothèque… »

- Eh bien Max, tu sembles inspiré ! le félicite Madame Bouchard. Tu me montres ce que tu as fait ?

La remarque de la maîtresse sort Max de sa rêverie. Sans vraiment s'en rendre compte, il a noirci deux pages de brouillon de son rêve de vengeance. Vite, il referme le cahier.

- Non, Madame, pas encore, bafouille-t-il.

- J'ai bien cru que j'allais me faire prendre, raconte le garçon à ses copains, à la récréation suivante.

Drôle de récréation, d'ailleurs. Quel bruit, on n'en avait perdu l'habitude ici ! Dans tous les coins, ça discute sec sur le concours. A croire que toutes les classes ont zappé les mathématiques ce matin.

- Fais attention Max, le met en garde Alexandre. Ça serait dommage de tout gâcher maintenant.

- De toute façon, on n'a aucune chance de gagner, se lamente Benjamin. Il paraît que toutes les écoles participent. Vous imaginez un peu ? Ça en fait des balèzes en français, tout cela.

- Plus fortiches qu'Hortense, vous croyez ? rétorque Alexandre.

Le copain de Max a dit cela sans la moindre note de moquerie et Hortense rougit sous le compliment. Mais son esprit de logique reprend vite le dessus :

- Max et Benjamin, vous tenez à vous deux la solution.

Ah bon ? Les garçons la regardent, sidérés. Ils sont habitués maintenant aux coups d'éclat d'Hortense. Mais là, il va falloir vraiment qu'elle brille …

- Max, Marc Norenêt va recevoir des tonnes et des tonnes de lettres qui vont lui répéter que c'est lui le meilleur. Ecris ton idée. Non seulement tu seras le plus original, mais tu vas forcément l'intriguer. Je suis certaine que tu remporteras le concours.

- Ou il viendra lui tordre le cou, la coupe La Flèche.

- Non, il suffit pour cela d'emballer un peu l'histoire. Du genre, cadeau empoisonné mais dans un joli paquet.

Pourquoi ce soir Max a l'impression de s'être fait avoir ? « C'est très simple, lui a promis Hortense. Tu recopies ton brouillon, tu enjolives juste un peu ». Très simple pour elle, oui. Pour lui, c'est vraiment trop compliqué. Tant pis, il laisse tomber. Les autres n'auront qu'à lui donner un coup de main avant l'école. Après tout, ça ne sera pas la première fois qu'il finit ses devoirs de français à la dernière minute, juste avant de rentrer en classe !

Bien entendu, le lendemain matin, son plan ne fonctionne pas comme prévu. Pas un copain en vue ! Enfin si, Zizou tape des balles contre le mur. Mais son ami n'est pas plus doué que lui en rédaction. Voilà Max dans de beaux draps : non seulement l'idée d'Hortense ne va pas marcher, mais en plus, il va se faire disputer par Madame Bouchard. A moins que…

à moins que ce soit bien Madame Coquelicot qu'il aperçoit là-bas, près de l'entrée de la bibliothèque. Mais oui, on est vendredi !

- Alors Max, c'est encore sur toi que repose le succès de notre mission ! s'exclame la vieille dame. Mon pauvre garçon, tu es décidemment bien impliqué dans cette histoire de livre, toi qui les détestes.

- Non, j'les déteste pas ! Quand c'est vous qui lisez… Max interrompt soudainement ses explications : Mais comment vous savez pour le concours ? Ah oui, Hortense vous a fait son rapport !

- C'est Alexandre qui est passé. Excuse-moi, je ne voulais pas te vexer. C'est vrai que tu es juste un lecteur … un peu spécial. Mais cela ne veut pas dire que tu es un mauvais lecteur. La preuve, tu es le seul que ce bouquin ne rend pas abruti !

Marguerite s'arrête soudainement au milieu de sa tirade. Ses yeux fixent Max, son front se plisse :

- Je parle, je parle ! Et toi, tu as quelque chose d'important - et sûrement d'urgent !- à me demander.

- Je n'arrive pas à écrire mon texte pour le concours, Madame. C'est nul mon truc. Je ne peux pas « enjoliver » comme dit Hortense. J'ai essayé, je n'arrive pas à ajouter un seul adjectif à mon texte !

- Et bien mon garçon, c'est qu'il n'en a pas besoin ! Depuis quand demande-t-on aux écrivains d'allonger leur copie ? Allez, montre-moi cela.

Tout en parlant, Madame Coquelicot a adressé à Max un grand clin d'œil. Le garçon sent l'étau qui compressait sa poitrine depuis ce matin se relâcher doucement. Oui, avec Madame Coquelicot, tout est toujours plus facile.

Avant de se plonger dans la lecture du cahier de brouillon de Max, la vieille dame en lisse les pages. C'est idiot, mais Max est touché de la voir traiter son texte comme elle traite les livres qu'elle leur lit. Elle esquisse un sourire, fronce les sourcils. De nouveau son visage se détend, puis sa bouche grimace. Finalement, elle éclate de rire !

- Bravo Max ! J'adore l'idée de ton livre. Ça, c'est un cri du cœur. Hortense a raison, ça va marcher. J'en donnerais… mes roses à couper ! Marguerite prend un ton plus sérieux pour finir : Bon, je ne te cache pas qu'il y a des fautes. Je vais vite te les corriger. Ce n'est pas une très bonne manière de procéder, mais bon, il faut parer à l'urgence.

En deux coups de crayon, Madame Coquelicot a mis le texte de Max en français correct. Bon, deux coups de crayons, c'est une expression bien sûr. Il en a fallu un peu - beaucoup !- plus. Mais on savait dès le début de l'histoire que Max n'aime ni lire ni écrire, qu'on ne vienne pas se moquer de lui maintenant !

En classe, le garçon recopie le texte sur le bulletin officiel que lui remet la maîtresse. Le nez de Madame Bouchard se tord presque quand elle lit la prose de Max. Mais elle se garde bien de tout commentaire. D'abord parce que c'est un concours, chacun imagine ce qu'il veut. Enfin et surtout car Madame Bouchard est une gentille maîtresse, même si elle ne veut pas toujours que cela se sache.

Chapitre 26 :
Et le gagnant est…

Normalement, « Monsieur le directeur de l'école des Bleuets » prend un réel plaisir à préparer la prochaine rentrée. Dès le mois d'avril, il reçoit les futurs élèves et leurs parents. Quand il est de bonne humeur, il raconte à la nouvelle famille l'histoire de cette bâtisse, vieille de plus de cent ans, où lui-même a été élève. S'il est mal luné, il informe d'un ton sec le nouvel inscrit qu'il ne tolérera ni les retards, ni les papiers qui traînent dans la cour. Dans ces moments-là, même les parents se tassent sur leurs fauteuils ! Mais qu'il joue le directeur cool ou le tyran, il prend toujours son rôle très à cœur.

Avec la même passion, il harcèle les maîtres et maîtresses : « Vous êtes sûre, Madame Vergult, que vous ne voulez pas faire un CE 2 l'année prochaine ? », « Allez Monsieur Dessaint, un double niveau CM1/CM2, ça vous changerait un peu ? ».

Son ultime plaisir, c'est de modifier les listes de classes décidées en conseil d'établissement. Et cela selon des critères farfelus ! Une année, il a décidé de regrouper dans le même CP tous les enfants qui portaient des prénoms et des noms de famille commençant par la même lettre : Antoine Alamou,

Bleuwen Becorre, Camille Chavalet, etc !
Heureusement, ils n'étaient que sept, il a dû renoncer.

Cette année cependant, « Monsieur le directeur de
l'école des Bleuets » soupire chaque fois qu'une
nouvelle famille pénètre dans son bureau. Vite, il
referme son exemplaire de « L'aventure de tes rêves »
et le pose sur ses genoux, un doigt coincé en guise de
marque-page. Ce qui n'est pas très pratique, entre
nous soit dit, pour remplir les feuilles d'inscription !
Très vite, il leur présente l'école, le fonctionnement
de la cantine et de l'étude. Il articule mal, mais ce
n'est pas gênant : les parents l'écoutent à peine ! Ils
sont sous le choc de la découverte du bureau du
directeur : papiers de bonbons et restes de sandwichs
continuent de s'y empiler malgré les efforts de la
femme de ménage.
Ce matin encore, il s'empresse de raccompagner à
la porte de son bureau une nouvelle famille quand la
secrétaire de l'école l'interpelle, toute excitée :
- Monsieur le directeur ! Il y a une lettre du
magazine Tabienlu au courrier. Vous savez, le
concours ?
Bien sûr qu'il sait. Le directeur était ravi que
l'école participe. Grâce à certains de ses bons
éléments, comme Hortense Tafforeau, l'école a ses
chances de gagner. Du moins le directeur aime-t-il le
croire. Mais pas question de montrer à la secrétaire à
quel point il est impatient d'ouvrir l'enveloppe. Du
coup, il prend bien son temps pour raccompagner les

parents. Les pauvres sont tout étonnés de ce soudain regain d'intérêt et s'empressent de partir !

Le directeur retourne dans son bureau d'un pas lent mais ferme. Vous savez, un pas du genre « Non je ne suis pas pressé mais ne me ralentissez pas pour des broutilles ». Une fois la porte fermée, il arrache littéralement le bord de l'enveloppe pour en extraire la réponse. Il lit et ses jambes se mettent à trembler. Chancelant, il s'effondre sur son fauteuil. D'un revers de la main, il envoie balader tout ce qui traîne sur son bureau et y pose la feuille. Immobile, il reste un long moment à regarder, incrédule, ce bout de papier.

Oui, c'est bien un de ses élèves qui a gagné le concours Tabienlu.

Oui, Marc Norenêt va bien venir ici rencontrer un des enfants. Le féliciter sur son idée. Et du coup le directeur va rencontrer son idole. L'homme qui a changé sa vie à jamais.

Seulement, ce n'est pas Hortense Tafforeau que Marc Norenêt vient voir, ni même Etienne Chenet, ce brillant garçon de CM2. Ce n'est pas non plus Gabrielle Castagné, cette fille de CE2 qui écrit de beaux poèmes, qui est mise à l'honneur.

Marc Norenêt vient à l'école des Bleuets pour rencontrer Max Couzin.

Chapitre 27 :
Pas tout à fait par hasard...

Normalement, quand on devient célèbre et riche, on est débarrassé des petites corvées du quotidien. C'est un des avantages de la situation. Les journalistes du magazine Tabienlu se préparaient ainsi à dépouiller les sacs et les sacs de lettres qui arrivaient de la France entière pour leur concours. Ils ne soumettraient au choix de Marc Norenêt que les meilleures.

Ils ont donc été très surpris quand le rédacteur en chef les a informés qu'aucun sac ne devait être ouvert. Le secrétaire particulier de Monsieur Norenêt, un certain Jacky, viendrait les chercher. Le grand auteur tenait à étudier lui-même toutes les réponses.

Forcément, leur curiosité a été déçue. Les journalistes auraient vraiment aimé lire les trouvailles des enfants. C'est quand même la première fois que toutes les écoles de France sauf une participent à un concours ! Et sans doute la dernière. En même temps, cette décision de Marc Norenêt a renforcé leur admiration pour l'écrivain. Et leur fierté d'être LE magazine qui a réussi à organiser un concours avec lui !

Reste à espérer maintenant que l'auteur parviendra à respecter les délais. Il a un mois et demi pour lire toutes les lettres, sélectionner ses préférées et finalement désigner le vainqueur. Il y a du pain sur la planche !

Marc Norenêt était persuadé que le concours du magazine Tabienlu remporterait un grand succès. Chacune de ses apparitions en public déchaîne les foules. Ses fans patientent des heures et des heures pour ne l'apercevoir parfois que quelques secondes. Il a quand même été étonné quand le rédacteur en chef lui a conseillé d'envoyer un camion pour récupérer le courrier qui l'attendait.

- Pourriez-vous nous envoyer quelqu'un rapidement ? s'était presque excusé l'homme au téléphone. Notre entrepôt déborde !

Jacky alias Marc Norenêt est donc venu chercher le courrier avec le camion utilisé pour la distribution de « L'aventure de tes rêves ». Quelques employés de son étrange « usine de transformation » des livres ont rempli complètement le poids lourd, et l'ont déchargé de retour à l'entrepôt secret. Là, comme Jacky leur avait demandé, ils ont regroupé les sacs provenant du département des Yvelines. Puis ont cherché celui de la ville de Poissy pour le mettre de côté.

Marc Norenêt se serait bien fait aider pour porter ce gros sac dans son appartement. Mais personne ne doit savoir où habite l'écrivain. Les employés de l'usine ne savent pas que Jacky est en fait Marc Norenêt, ils ne comprendraient pas pourquoi Jacky prend chez lui le sac que veut l'écrivain. Une fois sa livraison déposée dans son salon, l'homme s'accorde une petite pause et se prépare un grand café. Puis il commence à déballer.

Dix minutes plus tard, il pousse un cri de victoire : il tient enfin l'enveloppe de l'école des Bleuets. Elle est énorme, les enfants ont là encore participé en nombre. Tant mieux, c'est parmi eux que se trouve le gagnant.

Comment Marc Norenêt l'a-t-il deviné ? Il ne l'a pas deviné, il l'a décidé ! Quand il a été contacté par le magazine pour ce concours, il a d'abord voulu refuser. Il n'a pas de temps à perdre avec ces gamins en admiration complète devant lui. Puis il a réfléchi. Après tout, c'était peut-être l'occasion de visiter une école où il ne s'était pas rendu depuis longtemps…

L'auteur avait décidé de tirer le gagnant au hasard. Il se moque bien de leur projet de livre. Pour lui, la littérature est une simple affaire… de physique ! Mais finalement, il se laisse prendre au jeu et lit les lettres. Quand il tombe sur la candidature d'un certain Max, il n'y accorde d'abord pas plus d'attention qu'aux autres. Il parcourt les premières lignes en diagonale. Mais il s'arrête brusquement et reprend la lettre depuis le début. Son front se plisse, ses yeux s'attardent sur l'écriture enfantine et maladroite. Finalement, il éclate de rire. Ce garçon qui a imaginé un écrivain escroc est le vainqueur idéal.

Chapitre 28 :
Benjamin chez le directeur

Max n'a jamais manqué de copains. Il y a Alexandre, son super meilleur pote pour la vie. Il y a toute sa bande, avec qui il s'éclate au foot, aux billes, etc. Il y a maintenant Hortense. C'est vrai qu'elle ne lui ressemble pas beaucoup ! Mais cette aventure les a vraiment rapprochés. Oui, Max l'affirme sans rougir : Hortense est son amie.

Tout cela pour dire que Max n'avait vraiment pas besoin que tous les élèves de l'école des Bleuets se mettent en tête de sympathiser avec lui avant la visite de Marc Norenêt. Comme si cela ne suffisait pas, des élèves des autres écoles l'attendent maintenant à la sortie. Il a même reçu chez lui des paquets de bonbons et … un bouquet de fleurs ! La honte…

- Je n'ai jamais demandé à être une star, se lamente-t-il ce midi encore à la cantine.

Quatre élèves de CP viennent presque de se battre pour lui donner leur mousse au chocolat.

- Reconnais que la gloire a de bons côtés ! s'esclaffe Zizou en piquant un des desserts.

- Ça te fait un point commun avec Crame tes neurones, renchérit Alexandre. Allez courage mon gars, demain il sera là, après tu vas redevenir un inconnu.

- Lui aussi, si notre plan fonctionne… rêve à voix haute Hortense.

- Bien sûr qu'il va fonctionner. Madame Coquelicot a sûrement réussi à convaincre son neveu journaliste de faire ce reportage sur l'entrepôt secret.

- Max, Max, MAAAAXXX !

C'est Mathilde, la sœur de Max qui l'appelle comme cela à travers toute la cour. Celle-là, elle se prend pour une duchesse depuis que son frère est le roi de l'école. Elle a même raconté à ses copines que Marc Norenêt passerait chez elle prendre l'apéritif après la remise du prix. Quand Max lui a reproché ses affabulations, elle lui a simplement rétorqué : « T'auras qu'à le convaincre ».

Pour l'instant, elle arrive toute essoufflée derrière l'abri à vélos où la bande s'est réfugiée pour être un peu tranquille.

- Vous n'êtes pas facile à trouver, râle-t-elle entre deux longues respirations. Le directeur vous cherche !

- Qu'est-ce qu'il me veut encore, celui-là ? ronchonne Max. Je lui ai déjà promis que je ferais signer son livre par Crame tes neurones. Il a la trouille de demander !

- Non, ce n'est pas toi qu'il veut voir, mais Benjamin.

En entendant son prénom, le petit dernier de la bande se met à trembler.

- Qu'est-ce qu'il y a, Ben, t'as fait une connerie ? s'inquiète Alexandre.

- Ben non…

- Alors pourquoi tu flippes ? Tu n'as rien à craindre, le rassure Zizou.

- Avec le direlo, on n'a JAMAIS rien à craindre, lui rétorque un Benjamin qui a soudainement retrouvé ses airs de bébé.

- C'est vrai, concède Max. Mais je suis certain que tu ne dois pas t'en faire. Allez vas-y, on t'attend.

Dans un bureau parfaitement rangé (on voit bien que Marc Norenêt débarque à l'école demain !), le directeur attend Benjamin en compagnie … d'Augustin Kacerol.

« Qu'est-ce qu'il fait là, celui-la, se demande Benjamin. C'est mauvais signe ».

- Augustin, montre s'il te plaît ce que tu as trouvé à côté du cartable de Benjamin.

Augustin ne se fait pas prier ! Grand sourire aux lèvres, il brandit… le portrait robot de Jacky que Benjamin a dessiné. A cet instant précis, à cette seconde même exactement, Benjamin sent son costume de « petit dernier de la bande » craquer aux coutures ! La colère le fait grandir de dix centimètres d'un coup. En tout cas, il en a l'impression. Il se jette sur Augustin en hurlant :

- Fouineur ! Qu'est-ce que tu fais avec cela ? C'était dans mon cartable, bien rangé dans une pochette. T'es qu'une mouche à…

- BENJAMIN s'il te plait ! Un peu de tenue ! hurle le directeur qui semble aussi avoir perdu son sang froid.

« Ce n'est pas son genre de s'énerver comme cela », s'étonne Benjamin. La réaction le surprend tellement qu'il en lâche Augustin. Bien que plus grand que lui d'au moins une tête, Augustin est soulagé d'être libéré.

- Est-ce que je peux partir ? bredouille-t-il, tout penaud.

- Oui, file, lui rétorque sèchement le directeur.

Une fois le garçon sorti, il se tourne vers Benjamin :

- Et toi, tu vas m'expliquer ce que tu fais avec le portrait de mon frère dans ton cartable !

Chapitre 29 :
La presse s'en mêle !

- Tu es certain de ce que tu racontes ? Crame tes neurones est le frère du directeur ?

Tous les copains sont abasourdis en apprenant la nouvelle. Ils sont habitués aux surprises depuis le début de cette aventure, mais celle-là, elle est de taille.

- Voilà pourquoi ils ont le même regard ! s'exclame Max.

- Mais comment peut-il ignorer que son frère est un écrivain connu ? s'interroge Zizou.

- C'est simple, il suffit qu'ils soient fâchés. Franchement, le directeur ne doit pas être un frère très drôle !

- Crame tes neurones non plus ! rebondit Alexandre. A deux, ils font la paire !

- En tout cas, les interrompt Hortense, cela explique pourquoi Max a gagné le concours. Marc Norenêt veut venir aux Bleuets.

Hortense est la seule de la bande qui appelle encore l'écrivain par son vrai nom. L'autre la terrorise encore trop. Vexé, Max lui rétorque :

- Pardonne-moi Hortense, c'est bien toi qui affirmais que j'allais gagner parce que mon idée l'intriguerait.

- C'est vrai, s'excuse Hortense qui réalise sa maladresse. Disons que cela a augmenté tes chances. Mais parmi toutes les lettres, c'est la tienne qu'il a choisie.

- Peu importe, les interrompt Alexandre. L'important, c'est de savoir si on modifie ou non notre plan.

- En tout cas, je n'ai pas dit au directeur pourquoi j'avais dessiné son frère. Et pourtant, il m'a bien cuisiné, se vante Benjamin. C'est vrai qu'il n'avait pas l'air heureux de le voir, même en peinture !

Sa blague détend un bon coup l'atmosphère.

- Je propose qu'on ne change rien, tranche Max. C'est trop tard. Le directeur découvrira bien à temps qui est vraiment venu visiter son école.

- Cela nous prouve que ce Crame tes neurones est vraiment tordu, constate La Flèche. Demain, il va falloir être sur notre garde. Surtout Hortense et moi. Avec le coup des bonbons poivrés et le petit tour en voiture, il risque bien de nous reconnaître.

C'est agréable d'avoir une tante farfelue. C'est en tout cas ce qu'a toujours pensé Eric Bureau, le neveu de Madame Coquelicot. C'est sans doute un peu grâce à elle qu'il est devenu journaliste. Quand il était enfant, sa tante lui a souvent offert des livres et des magazines. Elle l'a aussi poussé à s'intéresser au monde qui l'entourait.

C'est agréable d'avoir une tante farfelue, mais il y a des limites quand même ! Bon, il a accepté de bon cœur de surveiller les informations qui circulaient sur ce Marc Norenêt. C'est vrai qu'il ne trouve pas le personnage très sympathique. Mais là, elle lui demande carrément de risquer sa carrière. Si ce qu'elle lui a raconté est faux, c'est certain, la chaîne de télévision pour laquelle il travaille le renverra illico. A lui la rubrique des chiens écrasés dans le canard local ! En même temps, si elle a raison, quel scoop !

Eric n'a pas le temps de mener une enquête discrète pour vérifier les propos de sa tante. Il doit se rendre demain à l'adresse qu'elle lui a indiquée, y retrouver même un inspecteur de police, pendant que Marc Norenêt sera à l'école des Bleuets. Il doit aussi convaincre son rédacteur en chef de laisser un cameraman venir avec lui. Et le tout sans lui expliquer de quoi il retourne vraiment, puisqu'il a promis à sa tante de garder le secret jusqu'au dernier moment. Tout à coup, Eric Bureau, journaliste de son état, comprend tout le sens de l'expression « s'arracher les cheveux » ! Perplexe, le jeune homme décide de faire confiance à son instinct. Sa tante ne l'a jamais déçu. Pourquoi commencerait-elle demain ?

Bien décidé cette fois, il rentre dans le bureau de son rédacteur en chef. Il en ressort une demi-heure plus tard, épuisé mais heureux. Il a fallu argumenter, mais il a obtenu ce qu'il voulait. Le rédacteur en chef lui a promis un cameraman pour demain après midi.

Et aussi de gros problèmes si jamais sa soi-disant informatrice mystérieuse lui avait raconté des sornettes !

Chapitre 30 :
Le directeur a le vague à l'âme

Voilà bien longtemps que la cour de récréation de l'école des Bleuets n'a pas connu une telle animation. Les enfants ont délaissé leur livre et retrouvé leurs langues ! Et les parents, les journalistes, les cameramen font encore plus de bruit qu'eux.

Loin de tout ce tohu-bohu, le directeur s'est enfermé dans son bureau. Pour la première fois depuis qu'il dirige cette école, l'homme se sent las. Bien entendu, il attend avec impatience la venue de Marc Norenêt. Aujourd'hui doit être son jour de gloire : SON école a remporté LE concours auquel TOUTES les écoles françaises ont participé. Certes, il n'aurait pas parié sur ce cheval-là pour gagner la course : le petit Max déteste tellement la lecture. Mais peu importe : seul le résultat compte.

Mais voilà, sa victoire est ternie par de pénibles souvenirs. Une image enfouie au plus profond de sa mémoire, que le portrait dessiné par ce Benjamin a réveillée. Pourquoi ne peut-il pas s'empêcher de penser à son frère aujourd'hui ? Ce raté, qui n'a jamais aimé l'école, n'a jamais voulu travailler ! Oui, le directeur était un élève brillant, travailleur et discipliné. La panoplie parfaite du garçon qu'on admire, qu'on rêve d'avoir comme ami, qu'on jalouse même, vous ne trouvez pas ? Ouais, sauf quand votre frère fait tout ce qu'il peut pour ternir votre réputation !

Seul dans le bureau de cette école dont il est enfin devenu le directeur, l'homme croit encore entendre les ricanements des élèves quand son frère se ridiculisait. Les murmures sur son passage : « Si si, c'est son frère, je t'assure ! » Voilà au moins dix ans que ces deux « frères » ne s'étaient pas vus, mais la rancune du directeur n'a pas diminué !

Quelques coups frappés à la porte arrachent le directeur à ses pensées lugubres. « *Ça doit être Max, se dit l'homme en resserrant son nœud de cravate. Allons-y, c'est le grand moment* ».

- Entre Max !

Max entre. Le garçon a un point commun avec le directeur : il n'affiche pas non plus une mine très réjouie. Lui aussi est contrarié, mais pas pour les mêmes raisons que le directeur. Sa bande et lui jouent gros aujourd'hui, il en a bien conscience.

- Détends-toi mon garçon, tout va bien se passer, le rassure le directeur. Exactement comme nous l'avons prévu !

« *J'espère bien que non ! a envie de lui répondre Max. J'espère que mes copains et moi, on va mettre un tel bazar aujourd'hui que ce Crame tes neurones n'osera plus jamais pointer le bout de son nez dehors, même pour acheter une baguette* ». Mais bien entendu, le garçon garde pour lui ses réflexions. D'abord parce qu'il ne faut pas que la mission capote.

Et aussi parce que, de manière générale, il vaut toujours mieux garder ses réflexions pour soi quand on est dans le bureau du directeur !

Une fois de plus, l'homme lui donne le programme de la visite, s'assure que le garçon a bien retenu ce qu'il devait dire à l'écrivain, et lui ressasse ses recommandations :

- Surtout sois poli, ne l'interromps pas, remercie-le bien...

« Ne te mets pas les doigts dans le nez, ne lâche pas un bon pet bien odorant, évite de roter si tu bois du Coca, pendant que vous y êtes ! » a envie de rajouter Max. A écouter les recommandations du directeur, on croirait que Max a grandi dans la famille Crado. C'est bon, le garçon a compris !

- J'peux y aller maintenant ? demande-t-il.

- Oui, va rejoindre ta classe.

Max a atteint le seuil de la porte quand il entend une voix timide derrière-lui :

- Au fait mon garçon, bravo. Et merci de permettre à toute mon école de vivre un tel moment.

Oh la la, voilà que le directeur fait aussi dans le sentimental... Il est temps que cette histoire s'achève !

Chapitre 31 :
Quand tombe le masque ...

Bien sûr, Marc Norenêt aurait pu arriver parfaitement à l'heure à son rendez-vous à l'école des Bleuets. Il aurait même pu s'offrir le luxe d'être en avance : il s'est levé bien avant que son réveil ne sonne ce matin. Seulement, l'idée d'être en retard à l'école sans se faire enguirlander et de faire en prime poireauter les journalistes l'amuse beaucoup. Et c'est avec une bonne heure de retard qu'il pénètre enfin dans la cour de récréation.

Aux applaudissements qui remontent depuis les derniers rangs, Max comprend que l'écrivain arrive. Il prend une grande inspiration. Pas question de flancher maintenant. Heureusement, Madame Coquelicot et ses copains sont près de lui. Hortense n'est pas loin non plus. L'écrivain apparaît enfin dans la foule. Il monte les quelques marches, arrive sur l'estrade installée dans la cour pour l'occasion. Marc Norenêt passe derrière la grande table : une place lui est réservée juste au milieu. Mais non, il se dirige vers le bout de la table, et oblige le rédacteur en chef de Tabienlu à se lever en tirant sur le dossier de sa chaise : il veut être assis à côté de Max. Sans la moindre excuse, bien entendu : ça gâcherait son plaisir. Tout gêné, le journaliste prend la place prévue pour Marc Norenêt. Celui-ci adresse un grand sourire et un clin d'œil à Max. « *Il serait presque drôle s'il n'était pas si dangereux* », se dit le garçon.

Le directeur, qui aime par dessus tout que tout se passe comme il l'a prévu, est déjà blême... mais il se ressaisit. C'est à lui que revient...

- ... le grand honneur d'accueillir entre nos murs le plus grand écrivain de ces dernières années...

- Poil au nez !

- Grâce à « L'aventure de tes rêves », de nombreux enfants ont enfin délaissé les jeux vidéo...

- Poil au dos !

Pauvre directeur ! Max le prendrait presque en pitié. Enfants, parents : tout le monde maintenant pouffe de rire à la fin de chacune de ses phrases. Le directeur, lui, a viré au rouge - ... coquelicot !- mais il retient sa colère. Il faut dire que c'est Marc Norenêt lui-même qui ponctue chacune de ses fins de phrase. Décidemment, l'écrivain veut semer le trouble dans la cérémonie ! Finalement, le directeur abandonne le combat, et invite le rédacteur en chef à prendre la parole. Celui-ci, qui a déjà dû céder sa place à l'écrivain, n'en mène pas large. Craignant lui aussi de se faire ridiculiser, il passe immédiatement le relais à Max :

- Laissons parler Max ! Cet enfant réalise aujourd'hui son rêve le plus grand, et pour cela, il a pris de gros risques. Inventer un écrivain escroc qui ensorcellerait tout le monde avec un livre bidon, il faut de l'imagination pour cela, n'est-ce pas mon garçon ?

Ça y est, nous y voilà. Max rêve de cet instant depuis des mois. Il a les jambes en coton, son coeur bat à cent à l'heure, mais il ne doit pas se dégonfler comme le directeur ou ce journaliste. Il se tourne vers Marc Norenêt :

- Non, il ne faut pas tant d'imagination que cela ! En fait, je me suis inspiré d'une situation tout à fait réelle.

A ces mots, le sourire écrasant de l'écrivain s'efface. Le garçon le remarque et sent la confiance qui le gagne :

- Monsieur Norenêt, je suis certain que vous saurez parfaitement utiliser cette histoire pour votre deuxième roman : elle va vous inspirer ! Mais aujourd'hui, vous me feriez un grand honneur en lisant à voix haute mon passage préféré de « L'aventure de tes rêves ».

Max a insisté sur ces derniers mots. Il lance un regard plein de défi à Marc Norenêt en sortant de son cartable un exemplaire de « L'aventure de tes rêves » sans couverture. Au premier rang, ses copains trépignent.

- Voyons mon garçon, l'interrompt l'auteur de plus en plus mal à l'aise. En un éclair de seconde, il vient de comprendre où étaient passés les livres disparus. Tu sais bien que je refuse de lire mon livre à voix haute.

- Qu'à cela ne tienne, je vais le faire !

- Non !
- Si...
- NON !
- Siiiiiiii !

Sans laisser à Marc Norenêt le temps de rétorquer, Max ouvre un exemplaire de son livre et commence sa lecture : « ageizueap, pofep, poegpasdigouta ». Le texte est incompréhensible. C'est au tour de Marc Norenêt de virer au rouge. Du coup, le directeur se sent soudainement solidaire et décide de venir à son secours :

- Allons Max, cesse tes âneries et lis sérieusement.
- Mais Monsieur le directeur, je n'ai jamais lu aussi sérieusement de toute ma vie ! s'offusque le garçon. Madame Bouchard, Madame Coquelicot, venez vérifier.

Les deux femmes s'approchent. La vieille dame sait bien que Max n'a pas menti : il tient entre les mains un des exemplaires qu'elle a pris dans l'entrepôt avant le « traitement ». Pas besoin de vérifier : c'est du vrai charabia. La maîtresse, elle, se penche sur le livre. Madame Bouchard est une grande fan de Marc Norenêt. Elle a lu son livre déjà cinq fois. Depuis qu'elle l'a découvert, elle ne fréquente même plus son club de maths. Et pourtant, elle s'y éclatait ! Mais Madame Bouchard est avant tout une maîtresse. Et encore plus qu'à ce livre, elle est attachée à ses élèves. Alors elle ne laissera pas Max être accusé à tort. Même s'il a l'étrange manie d'arracher les couvertures de ses livres avant de les lire !

- Monsieur le directeur, Max a lu exactement ce qui est écrit, assure-t-elle. Pour une raison inexpliquée, le texte de ce livre est incompréhensible.

A ce moment-là, une voix retentit du fond de la cour. Depuis les premiers rangs, difficile de voir qui a pris la parole. Mais apparemment, cette personne utilise un micro, car on l'entend très bien. Madame Coquelicot, déjà bien amusée par la tournure des événements, jubile.

- Moi, je vais vous expliquer ! Je me présente, Eric Bureau, reporter pour Aujourd'hui Télé. Monsieur Norenêt, je rentre tout juste d'un reportage dans votre « imprimerie ». J'y ai découvert des choses passionnantes.

- Vous délirez, c'est quoi ce cirque ?

L'écrivain s'est levé et pointe un doigt menaçant en direction du journaliste. Celui-ci, nullement impressionné, remonte la cour, enjambe la marche et grimpe sur l'estrade.

- Rassurez-vous, nous avons tout filmé ! Nous pourrons tout prouver. Monsieur Norenêt, il faut être un talentueux… un talentueux quoi au fait : électricien, chimiste, physicien ? … pour transformer des livres comme vous le faites.

Sans laisser à l'écrivain la possibilité de le contredire, Eric Bureau raconte au public et aux nombreuses caméras de télévision et radio présentes sa découverte : le texte sans queue ni tête imprimé sur les livres, puis leur passage dans ces grosses machines.

- ... et tout cela n'aurait jamais été mis à jour sans la sagacité d'un garçon et de ses amis, conclut-il au bout de cinq minutes. S'il y en a bien un qui doit être honoré aujourd'hui, c'est Max. Quant à vous, je pense qu'on ne va plus entendre parler de vous bien longtemps ! A moins que tout le monde se mette enfin à lire votre nom à l'endroit. Marc Norenêt, ce n'est que « Crame tes neurones » en verlan, non ?

Le journaliste a bien assisté sur chaque syllabe du nom et des cris d'horreur accompagnent cette révélation. Puis l'assistance, encore sous le choc, reste étrangement silencieuse. Finalement, peu à peu, les applaudissements fusent, d'abord éparses, puis de plus en plus nourris.

Marc Norenêt, de nouveau assis, semble vouloir disparaître sous la table. Tout d'un coup, il bondit de sa chaise et tente de descendre de l'estrade. Mais une main saisit fermement son bras :

- Une dernière question, lui demande aimablement Madame Coquelicot. Vous connaissez cet homme ?

Elle lui tend le portrait dessiné par Benjamin. L'homme attrape la feuille et la déchire de rage avant de s'enfuir. L'école est bondée : sa sortie est plus difficile que son arrivée ! Marc Norenêt joue des coudes à travers ses anciens fans entassés le long des murs pour apercevoir leur idole. Quelques-uns essaient bien de le retenir, ils crient, arrachent les manches de sa veste. Mais ils ont réagi trop tard : l'homme parvient à s'engouffrer dans un bâtiment.

Malheureusement pour lui, il est coursé par La flèche et Zizou :

- Crame tes neurones, t'es qu'un menteur ! lui hurlent-ils.

Il est cuit. Lui, le roi des écrivains, il est fichu. Les deux garçons sont à une simple foulée de lui. Soudain, une porte s'ouvre sur sa droite, un bras le happe et referme la porte derrière lui. Marc Norenêt se retrouve en haut d'un escalier. De surprise, il perd l'équilibre et dévale les marches. Une fois en bas, il aperçoit enfin celui qui lui a offert cette sortie de secours. Il se relève le plus dignement possible :

- Merci Monsieur le Directeur.

Chapitre 32 :
Les frères ennemis

Marc Norenêt jette un coup d'œil rapide autour de lui. Les deux hommes se trouvent dans la cave de l'école. L'écrivain le devine à la fraîcheur de la pièce et aux vasistas par lesquels perce difficilement le soleil. L'endroit ne ressemble plus du tout au souvenir qu'il en a gardé. Les murs sont peints en blanc et le carrelage du sol étincelle. Rien à voir avec la pièce sombre et poussiéreuse où Marc Norenêt s'était réfugié une après-midi entière pour échapper à la dictée.

Du temps où il était élève ici.

A l'époque bien sûr, il ne s'appelait pas encore Marc Norenêt, ni même Jacky, mais Pierre Manot. « Pierrot Zéro », comme l'avaient surnommé les enfants de l'école.

« Pierrot Zéro »… Marc Norenêt serre les poings en repensant à ce méchant surnom. Il a connu ici les pires années de sa vie. Parce qu'il était un mauvais élève, particulièrement nul en français. Il ne s'intéressait qu'aux sciences, à la chimie et à la physique. Il adorait faire des expériences, mais c'était très rare en ce temps-là. Non, il fallait écouter, lire, relire, copier, apprendre, écrire encore en interrogation. Ah, comme il détestait tout cela !

Pour arranger le tout, son grand frère, lui, était un excellent élève. Tout le contraire de « Pierrot Zéro » : parfait en français, toujours soigné, toujours poli, toujours si désespérément obéissant. Pas étonnant qu'aujourd'hui ce soit …

… le directeur de l'école regarde en silence l'homme qu'il a en face de lui. Le grand Marc Norenêt dégouline de sueur. Dans sa course, sa perruque a glissé : on dirait vraiment qu'il a penché la tête avant de se coiffer ce matin. Ses dents même semblent le déranger. Très en avant, elles l'empêchent de fermer complètement la bouche. D'ailleurs, l'écrivain plonge deux doigts dans la bouche et décroche… ses dents ? Non, un dentier qui recouvre des dents dans un tout autre état. Difficile de croire que cet homme est l'auteur du livre qui a complètement fait perdre la raison au directeur cette année. Tout à coup, l'image de son bureau lui revient. Comme s'il le découvrait enfin, encombré de détritus, de piles de gobelets, d'emballages de sandwichs et de courriers qu'il n'ouvrait plus.

Cette année, « Monsieur le directeur » ne s'est pas du tout montré digne de sa fonction. Tout cela parce qu'il s'est laissé ensorceler par le livre de son propre frère.

Ce frère dont il a eu honte toute son enfance ! Ce frère qui ne comprenait rien au travail, à la discipline, à l'orthographe pourtant indispensables dans la vie !

Ce frère qui finalement a réussi bien mieux que lui, puisqu'il est devenu l'écrivain le plus lu de France. Certes, pas grâce à son style. Mais grâce à ses talents de chimiste et de physicien. Des talents dont lui, son grand frère, s'est toujours bien moqué.

Les deux hommes s'observent. Si dehors c'est l'agitation totale, ici c'est le silence complet. Les regards sont accrochés l'un à l'autre, comme dans ces vieux films de cow-boys, quand arrive la scène finale. Qui va dégainer et tirer en premier ? Qui, finalement, va gagner ?

Aucun des deux. Après de longues minutes de silence, le directeur lâche enfin :

- Salut frérot. Je te laisse essuyer ton… maquillage, te recoiffer et arranger ton accoutrement, tout cela ne doit pas être très confortable.

- Et après ? Qu'est-ce que tu vas faire après ? lui demande d'un ton suspicieux Marc Norenêt. Me donner aux flics ? Ça devrait te faire plaisir.

- Je ne vois pas pourquoi je mêlerais les flics à tout ça. Tu n'as rien fait d'illégal. De dangereux, oui. Mais pas d'illicite.

- Rien de bien non plus, ne me fais pas croire que tu penses le contraire.

- Pierre - Cela faisait si longtemps que ces deux-là n'avaient pas utilisé ce prénom…- Pierre, j'ai passé l'année à lire et relire ton livre au lieu de m'occuper correctement de mon école.

- C'est vrai ?!?

Cet aveu provoque un effet étonnant sur l'écrivain faussaire : il éclate de rire. Le directeur n'apprécie pas la réaction :

- C'est bon, j'vois pas ce qu'il y a de drôle ?
- Tu vois pas ? Toi, frérot, le roi de la grammaire et de l'orthographe qui me lit moi, « Monsieur mille fautes par dictée ».

Le directeur lui accorde une esquisse de sourire :

- T'as raison, c'est assez inattendu. En tout cas, j'ai vraiment sous-estimé tes capacités en physique et en maths. Avec ton livre, tu es allé au fond de mon cerveau. Quelle terrible idée tu as eu…

« L'aventure de tes rêves », qui a avait réuni les deux frères, les séparerait de nouveau ?

- T'y es allé fort…
- Tu trouves ?
- Oui, vraiment. Mes élèves ne méritaient pas cela. Quand je pense que c'est Max Couzin qui a découvert le pot aux roses !

Max Couzin… Encore un enfant que le directeur a classé dans une case trop vite. Une case trop petite pour ce garçon. Comme celle dans laquelle il enfermait son frère jadis…

- Pierre ?
- Ouais ?
- Je te propose qu'on remonte.
- T'es fou, ils vont me lyncher !
- Non, je vais sortir d'abord. Je leur dirai que tu es mon frère. Je leur raconterai… comment ça s'est passé pour toi quand tu étais élève ici.

- Ils voudront quand même ma peau !

- Pas forcément… si tu es moins arrogant que quand tu t'appelais… comment déjà ? … Crame tes neurones ! Et cette fois, je serai avec toi.

Alors, pour la première fois depuis qu'il a inventé ce pseudonyme, Marc Norenêt rougit de honte en entendant son nom.

Epilogue :
C'est l'histoire...

Ce vendredi, Madame Coquelicot n'a pas de livre entre les mains quand elle accueille la classe de Madame Bouchard. Et pourtant, quelle histoire passionnante elle leur commente !

- Voilà les enfants... Marc Norenêt était en fait le frère de monsieur le directeur. Mais à la différence de son frère, il détestait l'école, la lecture et était un piètre élève. Ce qui n'en faisait pas pour autant un idiot.

La vieille dame marque un temps d'arrêt :

- Vous comprenez bien ce que je vous explique ? C'est important. Il fallait être futé pour inventer ces machines à transformer les livres.

- C'est quand même bizarre de vouloir devenir l'écrivain préféré du monde entier quand on déteste la lecture, vous trouvez pas ? s'étonne Benjamin.

- C'est vrai, tu as raison, concède Madame Coquelicot. Je crois que le frère de Monsieur le directeur voulait se venger. Quand il était petit, il a sans doute beaucoup souffert de ne pas savoir aussi bien lire et écrire que son frère. Mais attention, cela ne justifie pas ses actes. Loin s'en faut !

- M'dame, Max inventera peut-être un truc aussi tordu, ricane Augustin Kacerol.

- Tais-toi, crétin ! l'arrête Alexandre. Sans Max, on serait tous devenus des légumes. Enfin toi, t'es resté une grosse patate !

- Les enfants ! s'énerve Madame Bouchard. Tenez vous correctement. C'est à Max de nous dire ce que toute cette aventure a changé pour lui.

Max soupire. Il n'a pas très envie de s'étendre une fois de plus sur toute cette histoire. Il l'a déjà racontée plusieurs fois à des journalistes, à des policiers même, sans parler de ses oncles et tantes qui appellent tous les soirs pour avoir son récit en direct.

- Je crois que j'aime pas plus lire qu'avant, lâche-t-il finalement. Mais pas moins non plus. Je veux continuer à lire avec les oreilles le vendredi ! Au fond, ce qui a poussé Marc Norenêt a monté cette machination ne m'intéresse pas beaucoup. C'est une histoire entre son frère et lui. Même si on y a tous été bien mêlés !

Comme Madame Coquelicot quand elle veut passer un message important, Max se tait un instant :

- Vous savez, quand j'étais tout seul à me battre contre ce livre, j'ai cherché de l'aide. Et je l'ai trouvée auprès de deux personnes qui adorent la lecture : Hortense et Madame Coquelicot. Ce sont nos différences qui ont fait notre force.

- Waouh, quelle belle phrase ! le charrie gentiment Alexandre.

- Ça pourrait presque faire la première phrase d'un livre, imagine Zizou.

- Oui, un livre que vous nous liriez le vendredi, Madame Coquelicot ! s'exclame la Flèche.

- Il raconterait l'histoire d'un garçon qui n'aime pas lire, conclut la vieille dame. Et qui justement, comme il n'aime pas lire, serait le seul héros possible de cette aventure…

Remerciements

Merci à Karine et Stéphanie, pour leur soutien infaillible.

Merci à Benoîte et Christine, mes liseuses attentives.

Merci à Elisabeth, Louise, Hannah, Carole et à toute la classe 2005-2006 de Madame Ranouil du Lycée Français de Düsseldorf, qui m'ont aidée à percer le mystère de Marc Norenêt.

Dans la même collection :
« School Underworld et les ondes maléfiques »
De Marie-Christine Buffat

« School Underworld », ils sont trop forts. Leur musique, elle déchire tout. Mais quand même, ils sont drôlement impressionnants. Du coup, avec mes deux meilleurs copains Vincent et Nicolas, on était à peu près certains que Martin, qui est dans la même classe que nous et aussi dans la même équipe de foot, avait disparu à cause de la contamination des ondes maléfiques de la sixième chanson. Line l'intello pensait aussi comme nous, mais pas la police. C'est pour ça qu'on devait faire équipe pour tenter de sauver Martin et le ramener dans le monde normal. Parce qu'on ne doit jamais laisser tomber un copain dans la galère.
Tout le monde sait ça.

Achevé d'imprimer sur les presses de l'Imprimerie BARNÉOUD
B.P. 44 - 53960 BONCHAMP-LÈS-LAVAL
Dépôt légal : novembre 2007 - N° d'imprimeur : 710127
Imprimé en France